悪魔伯爵
と
黒猫執事

悪《あく》魔《ま》伯《はく》爵《しゃく》と黒《くろ》猫《ねこ》執《しつ》事《じ》

妃《ひめ》川《かわ》 螢《ほたる》

ILLUSTRATION：古《ふる》澤《さわ》エノ

悪魔伯爵と黒猫執事

LYNX ROMANCE

CONTENTS

悪魔伯爵と黒猫執事

彼方《かなた》に臨むとんがった黒い山並みと、常に月の浮かぶ藍色《あいいろ》の空。

凍《い》てつく氷の森と赤い血の沸き立つ泉、ドクロの砂漠。

人間界とは次元を別にする、ここは悪魔界。

人間の想像力が生み出した、実にわかりやすい魔界の風景そのままに、コウモリの舞う空はときに赤く染まり、ときに雷光を轟《とどろ》かせる。

そんな悪魔界のはずれもはずれに、ぽつねんと建つ古めかしい館《やかた》がひとつ。

貴族と呼ばれる上級悪魔の館の証《あかし》である高い塔には、まだ若い悪魔が棲《す》むという。


人の時間では計れぬ世界の、荒唐無稽《こうとうむけい》な物語はいかが？

1

気配を感じて、イヴリンは銀食器を磨く手を止めた。

「イヴ、ただいま！」

声が聞こえたと同時に、アーチ窓から飛び込んできた黒い影が顔面に衝突する。

勢いは魔力で調節されているから、たいして痛くはないのだが、毎度これをやられる身にもなってほしい。

イヴリンの頭に広げた羽を巻きつける恰好《かっこう》ですりすりと甘えているのは一羽のコウモリ。

「アルヴィンさま！」

退《ど》いてください！　と、苛立《いらだ》ちを懸命にこらえながら言うと、猫族でもないのにゴロゴロと喉《のど》を鳴らす音が聞こえそうな勢いで甘えていたコウモリは、ぽんっ！　と軽快な音とともに本来あるべき姿へとそのかたちを変えた。

「わ……っ！」

ふいに増した質量を受け止めかねて、イヴリンは床に倒れ込む。——が、後頭部をしたたか打ちつける前に、くるっと身体《からだ》が反転して、弾力のあるものに受け止められた。

凍える湖面のように澄んだ碧眼《へきがん》を眇《すが》め、長嘆をひとつ。

だが、どうにもこうにも頭が緩いとしか思えない年若い主《あるじ》は、執事の不機嫌顔など意に介しもしない。

「どこかぶつけなかった？」

ごめんね、と使用人に向かってニコニコと詫《わ》びる始末。悪魔界広しといえども、執事の下敷きになって嬉《うれ》しそうにしている上級悪魔など、イヴリンの主くらいのものだろう。

「アルヴィンさま……」

イヴリンは主の胸に受け止められた恰好で、ズキズキと痛むこめかみを押さえた。身体を起こそうとしても、リーチの長い腕が腰に絡まっていて、自由にならない。

「詫びていただかなくて結構ですから、飛びかかってくるのはおやめくださいと何度も申し上げているはずです！」

しかもここはバンケット、おおよそ館の主が足を踏み入れる場所ではない。窓から帰ってくるのはいいが、塔の自室に直接降り立つようにと、何度言ったらわかるのか。

「だって、イヴの顔を真っ先にみたいんだもん」

「……」

深い深いため息をついて、イヴリンは再びこめかみを押さえる。

悪魔に生まれて数百年。人間界で言うならば二十歳そこそこの主は、いうなればまだ子どもだ。子どもの言うことに、いちいち目くじらをたてていては、執事など務まらない。

下から見上げる眼差《まなざ》しにねだられて、イヴリンは本来こんな恰好で言うものではない言葉を返す。

「おかえりなさいませ、My Load《ご主人様》」

にっこりと、金色の瞳《ひとみ》に浮かぶ笑み。

「ただいま」

ふわり…と身体が浮いて、イヴリンは主に抱かれた恰好のまま、床に足を着いた。

まるで長い尾のように後ろでひとつにまとめられた主の長い黒髪が弧を描いて舞う。

悪魔たちは金銀華美な装飾を好むが、主はいつもシンプルな長衣に刺繍《ししゅう》の施されたベルトと瞳の色を写し取ったかに輝く金針石の大振りなペンダントを下げているだけ。

長い黒髪を後ろでひとつにまとめるのは、冥界蜘蛛《めいかいぐも》の紡いだ糸を編んだ組み紐《ひも》で、タッセルにかろうじて金の細工が施されているが、それすらシンプルなものだ。

せめて宝石を飾った長剣でも携えていれば、もう少し見栄《みば》えがするものを。

イヴリンは主の胸元に鼻先を寄せ、黒猫族特有の鼻のよさで、それを嗅《か》ぎつける。

「また人間界に降りましたね？」

上級悪魔には、悪魔界と人間界を自由に行き来することが許されているが、この主の場合、その目的が問題だった。

「お食事は？」

人間を狩ってきたのかと目を眇めて問えば、アルヴィンは実にわかりやすく話を逸《そ》らした。

「行列に一時間も並んで、ようやくゲットしたんだよ！」

すごいでしょ！　と自慢げに言って、片手をひらめかせる。すると、パントリーの中央に置かれたテーブルに、ぽんっ！　と小箱の山が出現した。

どう見ても人間界のシロモノだ。

縦横二十センチほどの箱が、およそ百個、ピラミッド状に積みあがっている。

「人間界で買った雑誌に載ってるのをみたときから、いつか絶対に食べたいと思ってたんだよ。ひとり五個までなんて言うから、久しぶりに分身の魔法まで使っちゃったよ」

そんな魔法が使えるくらいなら、なぜ人間のひとりやふたり、ついでに狩ってこないのか。

「イヴにはね、特別にこれ」

ふたりの間にぽんっ！　と現れた箱を、イヴリンの手に握らせる。そして、「限定のクレームブリュレ味だよ」とにこやかに言った。

イヴリンを襲う頭痛がひどくなる。

「最後の一個だったんだよ！　イヴが喜んでくれるかなぁって、僕……」

語尾が弱々しく掠《かす》れたのは、間近に見上げるイヴリンの碧眼に滲《にじ》む怒りを見取ったため。「へへ」と誤魔化《ごまか》すように笑ったかと思ったら、アルヴィンの姿が消えた。

「アルヴィンさま！」

ぱたぱたと羽音を立てて、コウモリが飛び去る。こういうときばっかり変身に失敗しないのは、いったいどういう了見なのか。

「お茶淹《い》れてね～」

上で待ってるから～と、塔へ飛び去る。逃げられた！　と眉《まゆ》を釣り上げてもむなしいばかりだ。これが、上級悪魔に仕える執事であるはずの、イヴリンの日常なのだから。

「――ったくもうっ」

ろくに悪魔らしい食事もせず、なんの栄養にもならない人間の食べ物――しかも人間にとってもカロリーばかりで栄養らしい栄養も摂取できない甘い菓子でばかり、胃袋を満たしている。

「せっかく羽トカゲの丸焼きをつくったのに」

せめて栄養になるものをと、魔界の食材を使ってイヴリンは主のために食事をつくる。なのにそれすらもアルヴィンは嫌がって、イヴリンの目を盗んでは、今日のように人間界に降りてしまうのだ。

ひとつため息をついて、イヴリンはお茶の用意をはじめる。上級悪魔に仕えるために存在する黒猫族にとって、主の言葉は絶対なのだ。たとえそれが、長嘆を禁じ得ないほどのヘタレ悪魔だったとしても。

イヴリンが仕える主、アルヴィン・ウェンライトは、貴族と呼ばれる上級悪魔の末席を汚す、これでも伯爵だ。

悪魔は力の強さによって位が決められていて、それは当人の意志や希望ではどうにもならない。大魔王の一存で決められる。大魔王の決定は絶対で、誰《だれ》も逆らうことは許されない。

だが、絶対の存在である大魔王の決定に、口には出さずとも誰もが首を傾《かし》げたのが、アルヴィンの上級昇格だった。

あのヘタレ悪魔がなぜ？　と、悪魔界に衝撃が走ったのはまだ記憶に新しい。——とは言っても、人間界の時間に換算すると、かなり大昔のことではあるが。

なみなみと紅茶を満たした大きな丸いポットとティーカップをのせた銀のトレーを手に、イヴリンは主の待つダイニングの扉を開ける。

高い天井からつり下げられた巨大なシャンデリア、壁に並ぶ燭台《しょくだい》と、そして部屋の中央には細長いダイニングテーブル。

テーブルの上はもちろん、部屋のあちこちに飾られた魔界花のアレンジメントも、この館のいっさいを管理するイヴリンの手によるものだ。悪魔界の執事は、なにもかもできなければ務まらない。

だが、今朝方イヴリンが花を飾ったはずの場所に、今は別のものが鎮座ましましている。

ダイニングテーブルの中央におかれた大皿に、山と積まれているのは、均一な層も美しいバウムクーヘン。アルヴィンが持ち帰った、人間界の甘い食べ物だ。

その大皿の前で、アルヴィンがいまかいまかとイヴリンの届けるお茶を待っている。

イヴリンが扉を開けると、アルヴィンが待ちかねた様子で駆けてきて、そんな必要はないのに主自ら扉を開けた。

大きなポットの載ったトレーだって、魔力で支えているから重さなど感じていない。扉もしかり、だ。だというのにアルヴィンは、いったいどこで覚えてきたのか——人間界であることは間違いないのだが——イヴリンのために扉を開けてくれたり、重い食器を持ってくれようとしたりする。

主が使用人の仕事を手伝うなど、悪魔界においてはありえないことだ。

だが、どこの世界にもはみだし者や変わり者はいるもので、この主は、悪魔でありながら——悪魔につく形容詞としてどうかと思うが——超のつくお人好《よ》しで、さらには人間界の食べ物であるバウムクーヘンが大好物ときている。

「テーブルについてお待ちください」

「だって、待ちきれないよ」

イヴリンの淹れるお茶が一番おいしいから、と邪気のない──悪魔のくせに！──笑みを見せる。

落ち着きのない犬のようなアルヴィンをテーブルに着かせ、ティーカップにこぽこぽと芳《かぐわ》しい紅茶を注ぐと、金色の瞳が輝きを増した。

どうしようもない主だが、この金の瞳だけは自慢できる。高貴さの象徴であり、なにより純粋に美しい。

とはいえ、バウムクーヘンを大口で頬《ほお》ばる姿を間近に見せられては、唯一の美点すら、誉める気力をなくすというものだ。

木の切り株を模したという輪切りにされた焼き菓子ひとつを、アルヴィンはふた口ほどで平らげてしまう。山と積まれたバウムクーヘンが見る間に減っていくのを、イヴリンは絶妙のタイミングで紅茶を給仕しつつうかがうよりほかない。──が、黙って見ているだけでは、伯爵家に仕える執事の名折れというものだ。

「そうやって狩りもしないで人間界の食べ物ばかり口にされるから、ちっとも魔力が上がらないのですよ」

悪魔界で自分がなんと噂《うわさ》されているか、知らないはずはないのに、アルヴィンは意に介する様子もない。イヴリンのほうが何倍もやきもきさせられている。

今日はまともにコウモリの姿になれたようだが、ひどいときはそれすらできなくて、中途半端に羽だけ生やしてしまうこともあるほどだ。

もっとエネルギーになるものを食べれば、多少は違ってくるだろうと思うのに……。

オーブンのなかの羽トカゲの丸焼きは、すでに食べごろをすぎてしまっている。幻影樹《げんえいじゅ》の蜂蜜《はちみつ》のソースをかけたら絶品なのに。

「一応は上級悪魔なのですから、せめて変身くらいまともにできなくてどうなさいます」

主に苦言を呈するのも執事の役目とばかり、口を酸っぱくして言い聞かせるも、イヴリンの気遣いが徒労に終わるのもいつものこと。

「だって、そもそも僕が上級に格付けされてるのがおかしいんだよ。兄上たちとは出来が違うんだから」

あっけらかんと返されて、イヴリンは眉を釣り上げた。

「……アルヴィンさま」

「そんなに眉間《みけん》に皺《しわ》寄せてたら、綺麗《きれい》な顔が台無しだよ」

低い声に精いっぱいの忠言を滲ませても、いっそすがすがしいまでにスルーされる。悪魔界にとどろく主の評判のみを糧に生きる黒猫族にとって、見てくれなど意味のないものだ。それを誉められたところで、嬉しくもなんともない。イヴリンにとっては、アルヴィンの名声こそが喜びだというのに……。

「やっぱり、イヴの淹れてくれたお茶が一番おいしい！」

バウムクーヘンに合う！　と、紅茶を飲み干し、ほくほく顔でフォークに突き刺した年輪型の焼き菓子を頬ばる。大口を開けていても、食べ方に下品さはない。そんなところだけ貴族らしいのもいかがなものか。

イヴリンは、今一度深いため息をついて、主の黒髪を恨めしげに見下ろす。

大皿に山と積まれたバウムクーヘンの最後のひとつが、アルヴィンの胃に消える。

空になった皿に、イヴリンは土産だと言って渡された、クレームブリュレ味のバウムクーヘンを載せた。

「これはイヴのために買ってきたんだよ」

「お気持ちだけいただきますから、どうぞお食べください」

人間界の食べ物に興味がないのもあるが、それ以上に主の喜ぶ顔が見たくて言う。主に仕えることに喜びを見いだす黒猫族の習性からは、どうにも逃れがたい。

「ありがとう」

にっこりと、悪魔のくせに邪気のない笑みを向ける。

「大好きだよ、イヴ」

ずっと傍《そば》にいてね、と請う甘ったれた声に、イヴリンはもはや数えきれなくなったため息とともに、無意識に口許《くちもと》をほころばせる笑みで返した。


アルヴィンに人間界の食べ物の味を教えたのが誰かといえば、いったい何人いるか知れない悪魔兄弟の長兄にあたる人物だ。

悪魔は混沌《こんとん》から生まれるから、人間界でいうところの兄弟の概念とは異なるが、それでも系統があって、根源を同じくするものたちは兄弟を名乗る。

とはいえ、だだっぴろい悪魔界のどこに棲むとも知れない兄弟たちと、顔を合わせることすら稀《まれ》で、だからこうしてわざわざ館を訪ねてくる兄弟があることも、悪魔にとっては珍しいことだ。

イヴリンがつくった、黒サボテンのステーキを、アルヴィンがもそもそと口に運んでいたときだった。

羽トカゲの丸焼きも、棘《とげ》アロワナの活《い》き作りも、幻影アゲハの唐揚げも、アルヴィンが食べたくないと言うから、しかたなく館の周囲に生えている植物で料理をつくった。せめて魔界のものを口にしなくては、力は弱まるばかりだ。

そんな執事の気遣いも、若い主には通じないらしく、不服げな顔で黒サボテンのステーキにナイフを入れる。

本当は、イヴリンの目を盗んで人間界に降りたいのだろうが、そう頻繁には許されない。またどうせ、バウムクーヘンを買うために、ただでさえ弱い魔力を、無駄に消費するだけなのだ。執事として、それは許しがたい。

魔界のものを食べたがらない主と、少しでも精のつくものを食べさせたい執事。

ふたりの無言の攻防が、いったいどれくらいの時間つづいていたのか。

一見、アルヴィンが折れているように見えて、その実イヴリンのほうが、主の上目遣いのおねだりに負けて、今にも「もうけっこうです」と言いそうになっていた。

そんなタイミング。

広いダイニングにふいに突風が吹き抜けて、銀色の影が像を結ぶ。

なにもなかった空間にふいに現れたのは、黒衣をまとった長髪銀眼の長身だった。

圧倒されるようなエネルギーに、イヴリンは黙って腰を折る。一方でアルヴィンは、突然の訪問者に歓喜の声を向けた。

「兄上！」

上級悪魔のさらにトップに座する大悪魔の発するエネルギーをものともせず……いや、気にもせず、アルヴィンが駆け寄る。

闇《やみ》を写し取ったかに長く美しい黒髪を靡《なび》かせて、兄悪魔は手近にあった椅子《いす》を引き寄せ、優雅に腰を下ろした。

「久方ぶりだ、我が弟よ」

甘さのある低い声が、威厳を帯びて響く。

アルヴィンの兄悪魔、クライド・ライヒヴァインは、最上位の公爵位を持つ、悪魔のなかの悪魔だ。次代大魔王の座に一番近い人物とも言われている。

流れるような黒髪に、月光に輝く氷樹のように美しい銀色の瞳、尖《とが》った耳を飾るプラチナの輝きと、胸元には華やかな細工の施された銀針水晶。

悪魔において、力の強さは、その容貌《ようぼう》の美しさと寿命に影響を与える。

イヴリンが黒猫族に生を受けたときには、クライドの評判はとうに悪魔界に轟いて、公爵位についていた。

そんな、上級悪魔のなかでも特別な存在といえるクライドが、なぜ出来の悪い末弟を気にかけるのか、イヴリンにもいまひとつ理解できないのだが、とにかく兄悪魔は、ちょくちょく……いや、頻繁にアルヴィンの館を訪れる。

人間が言うところの血縁の情など悪魔には無縁のもの。兄弟といいながらも、気に食わなければ平然と殺し合いをするものだが、このふたりに限ってその常識は通じない。

イヴリンが知る限り、クライドはアルヴィンをかわいがっているし、アルヴィンもクライドを慕っている。

「土産だ」

駆け寄って最上級の礼を尽くす末弟に、兄悪魔は褒美だとばかり、指をならした。

イヴリンは、「ああ、もう……」と胸中でため息をつく。

ぽんっ！　と弾《はじ》ける音とともに、ダイニングテーブルの中央に姿を現したのは、数日前にも見た気がする光景だった。

とたん、部屋に満ちる甘い香りは、悪魔界には本来ありえないもの。

「バウムクーヘンだ！」

アルヴィンが歓声を上げる。

クライドは満足げに、銀の瞳を細めた。

「兄上、ありがとうございます！」

今さっきまで、黒サボテンのステーキを嫌々食べていたアルヴィンが、大好物に飛びつく。

せっかく魔界のものを食べさせていたのに、これでは台無しだ。

「……クライドさま……」

イヴリンは、立場をわきまえながらも、主のためにあえて諫《いさ》める口調で大悪魔に呼びかける。

「いいではないか。あれは喜んでいる」

「ですが……っ」

それでは、ますますアルヴィンの力が弱まってしまうと食ってかかると、クライドは、すぎた真似《まね》だというように、スッと目を細めた。

「主の望みをかなえるのが、黒猫族の執事の一番の役目ではないのか」

「……っ」

鋭い眼光に射すくめられて、イヴリンは返す言葉を失う。

そもそも、アルヴィンに人間界の食べ物の味を教えたのは、ほかでもないクライドだ。

末弟がかわいいのなら、少しでも魔力を強くするコツのひとつでも伝授してくれればいいものを、彼はいつも人間界の食べ物――主にバウムクーヘンだ――を手土産にやってきて、イヴリンの気遣いを無駄にしてくれる。

足下にも及ばぬ非力さだからこそ末弟がかわいいのだろうか……そんな器の小さい人ではないと思うのだけれど、クライドはイヴリンの言葉に耳を貸そうとはしてくれない。

「イヴ！　兄上にお茶を淹れてさしあげて！」

バウムクーヘンを頬ばりながら、アルヴィンが言う。

「兄上！　イヴの淹れてくれるお茶は魔界一おいしいですよ！」

自慢げな末弟に、兄悪魔は「同じ話をすでに千回は聞いたぞ」と揶揄《やゆ》を向ける。

「そうでしたか？　でも本当に、イヴのお茶はおいしいんですよ！　執事の仕事も完璧《かんぺき》だし、黒猫族一の美人だし！」

イヴリンは頬が熱くなるのを感じながら、ふたりのためにお茶を淹れる。アルヴィンはイヴが淹れるものならなんでもおいしいおいしいと言って飲むが、クライドは茶葉にもこだわりをもっている。

彼の好みは、世界樹の葉を自然発酵させた茶葉に洞窟《どうくつ》蜂の蜜の甘い香りをまとわせた逸品。

上級悪魔といえども、そう簡単に手に入れられるものではない最高級品が、なぜそういったことに頓着《とんちゃく》のないアルヴィンを主とするこの館にあるのかといえば、とうのクライドが持参した品だからだ。

どうせ味などわかっていないと思いつつも、甘い菓子と一緒に楽しむアルヴィンには、ストレートで飲んでおいしいお茶をその都度選んで淹れる。

甘いものを口にしないクライドには、冥界山羊《やぎ》のミルクを添えて出した。一杯目はストレートで、二杯目はミルクティーで飲むのが、クライドの定番だ。

「どうです？」

アルヴィンが、身を乗り出して問う。

「兄上の執事のランバートの淹れるお茶にも負けてないでしょう？」

そして、右手に握ったフォークに突き刺したバウムクーヘンを、ひと口に頬ばった。

ライヒヴァイン公爵家に使える執事は、黒猫族ではなく、梟木菟《フクロウミミズク》族のベテランだ。老執事の名は、悪魔界において執事として上級悪魔に仕える者の常にトップにあり、イヴリンにとっては敬意を払うべき先達ということになる。

だが、イヴリンは他家で執事職につく同胞に会ったことがない。館を空けるわけにはいかないから、アルヴィンのもとに執事として奉公に上がって以降、この館を離れたことがないのだ。

「そうだ、兄上！　裏の谷に血赤葡萄《ぶどう》がたわわに実っているのですよ！」

一粒がイヴリンの頭ほどもある大きな実をつける葡萄は、その色味から血赤葡萄と呼ばれている。広い悪魔界でも、このあたりにしか育たない植物だ。

「お土産に持っていってください。ランバートならきっとおいしい血赤ワインに仕上げてくれます」

そう言うや否や、アルヴィンは席を立って、ぽんっ！　と小さなコウモリに姿を変える。

「アルヴィンさま！　そのようなことは私《わたし》が――」

イヴリンが引き留める間もなく、アルヴィンは大きな月の浮かぶ空へと飛び去った。

「相変わらず、落ち着きのないやつだ」

アルヴィンの飛び去った窓に顔を向けて、クライドが薄く笑う。そしてイヴリンが淹れた紅茶を口にした。

その優雅すぎる姿を見るにつけ、イヴリンは不思議でならない。

爵位の差こそあれ、このクライドとあのアルヴィンが、同じ上級にランク付けされているのだ。ふたりのエネルギーがぶつかったら、アルヴィンなどクライドの指先ひとつでねじ伏せられてしまうだろうに。

「言いたいことがあるのなら、言うがいい」

イヴリンの沈黙の意味を悟ったように、クライドが言う。

誤魔化しても意味はない。イヴリンは素直に思っていることを口にした。

「なぜアルヴィンさまが上級悪魔なのです？」

主を卑下して言うのではない。

アルヴィンにとっても不幸だと思うから言うのだ。

妥当な位が与えられていれば、いらぬ揶揄も嘲笑《ちょうしょう》も受けずにすむ。なのに、誰もが疑問に感じる高位を与えられてしまったがゆえに、いわれのないさげすみの対象となるのは、アルヴィンにしても本意ではないだろう。

イヴリンにとっても、主を悪く言われるのは耐えがたい。自分が叱《しか》るのはいいが、顔も名前も知らぬどこぞの中級悪魔風情にとやかく言われるのは我慢ならないのだ。

「さあ？　大魔王さまのお決めになられたことに、我らは従うのみだ」

なにかしら納得のいく言葉を期待したイヴリンだったが、クライドから返されたのはありきたりの言葉だった。

「それは……そうですが……」

悪魔界において大魔王は絶対的存在だ。何人たりとも逆らうことは許されない。それはわかっているけれど、だからこそ、疑問なのだ。なにゆえアルヴィンに上級の位を与えたのか。そして、なぜ自分がアルヴィンに仕えることになったのか、も……。

「主を待つ若い黒猫族のなかで一番優秀だと評判だったおまえを、大魔王さまはあれのもとへ遣わされた。そこに意味がないと思うか？」

「……え？」

ふいの言葉に、イヴリンは驚いて顔を上げる。だが、かけられた言葉の意味を問うことはできなかった。

「ただいま！」

ぱたぱたと羽音がして、黒いコウモリが窓から飛び込んでくる。そしてイヴリンに飛びついた。

「……っ！　アルヴィンさまっ！」

すりすりと頬に黒い頭をすりよせてくる小さなコウモリを引きはがそうにも、小さな爪《つめ》でがっしりと摑《つか》まれていてうまくいかない。

するとぽんっ！　と弾ける音がして、巨大な籠《かご》がダイニングテーブルの上に出現した。血赤葡萄が山と盛られている。

「ほう……これは立派な実だ。美味《うま》いワインが仕込めそうだな」

「おいしいのができたら、お土産に持ってきてね」

イヴリンの胸にしがみついた恰好で、コウモリ姿のアルヴィンが兄悪魔に請う。

「次の満月に、宴《うたげ》の席を用意させよう」

弟悪魔のおねだりに、兄悪魔は鷹揚《おうよう》に返す。だがアルヴィンは、「うーん……」と少々困った顔で、肩を竦《すく》めた。

「宴はいいや。俺、どうせ狩りなんてできないし」

悪魔の宴とは、狩りの成果を報告し合う酒宴のことをいう。悪魔界の生物を口にすることすら躊躇《ためら》うアルヴィンには、無縁の場といえた。

「好きにするがよい。そなたはそなただ」

兄悪魔は、およそ悪魔らしからぬことを言う弟を諌めるでもなく、しょうのないやつだと言わんばかりに頷《うなず》くのみ。

どうして苦言のひとつも呈してくれないのかと、胸中でため息をつくイヴリンの心の声など知らぬ

とばかり、クライドは音もなく腰を上げた。

末弟の顔を見にきただけらしい――およそ悪魔らしからぬ行動だ――「邪魔をしたな」と、短い言葉が鼓膜に届くと同時に、クライドの姿は一陣の風とともに消えていた。

テーブルの上の、血赤葡萄も消えている。

残されたのは、いささか疲れた顔の執事と、その胸元にしがみつくコウモリが一羽。

その首根っこを摑んで、バリッと擬音が響きそうな勢いで胸元から引きはがす。そのまま窓の外に投げ捨てたい衝動をどうにかこらえて、イヴリンはひとつ深いため息をついた。

2

悪魔界に領地という考え方はない。果てしなくつづく闇の世界にまさしく果てはなく、境界線もない。

アルヴィンが毎朝散歩に出るのは、領地の見回りなどではなく、単純に散歩が好きだからだ。

常に銀色の月が浮かぶ藍色の空をした悪魔界にも朝はあるし季節の移り変わりもある。人間界ほど顕著ではなくとも、時期によって咲く花も違えば、実る果実も違う。

とくにアルヴィンの館のあるあたりは、悪魔たちが醸す濃密な空気がいくらか薄く……言ってみれば辺境だ。だからこそ、ほかではあまり目にしない花や果実も多く、珍しい花をみかければ、イヴリンのために摘んで帰るのが日課だ。

果実も、コウモリに変身するアルヴィンは大好物なのだけれど、黒猫族のイヴリンはあまり好きではないようで、受け取ってはくれるものの、結局アルヴィンの食卓に出てくることになる。

せめてイヴリンが好きなクリスタルアロワナか一角アンコウでも釣れればと思い、今日は森ひとつ越えたところを流れるアメジストの川までやってきた。

無数の紫水晶が流れる小川には巨大なアロワナやアンコウが棲んでいる。けれど、川幅より大きな怪魚を釣るのには、コツと魔力が必要だ。

釣り竿《ざお》に化けてアロワナを狙《ねら》うか、小魚に化けてアンコウの餌《えさ》になりすますか……と考えて、アルヴィンはくすりと笑みを零《こぼ》した。

イヴリンが聞いたら、眉をつり上げて怒るだろうなぁと思ったのだ。そんな変身ができるのなら、魔力で狩ればいいではないかと、それこそが貴族と呼ばれる上級悪魔のやり方だと、延々とお説教されるに違いない。

「怒った顔も美人なんだけど」

自分などに上級悪魔の位を与えた大魔王さまの考えていることは理解不能だけれど、イヴリンを執事につけてくれたことには感謝している。

大魔王さまから上級悪魔の証である高い塔をいただく館を与えられて、イヴリンに出迎えられた日のことを、アルヴィンは昨日のことのように覚えている。

――『はじめまして、アルヴィンさま』

艶《つや》やかな黒髪とアパタイトブルーの瞳に目を奪われた。

――『イヴリンと申します。本日より執事としてお仕えさせていただきます』

美しく主に従順といわれる黒猫族のなかでも、イヴリンはとりわけ美しく、優秀で、そして慈悲深い。

悪魔にも慈悲の心はある。人間のそれとは尺度が違っても、悪魔も無慈悲で残酷なばかりではない。

契約で成り立つ主従関係だけれど、とくに上級悪魔と執事の関係は濃密だ。

兄のクライドに仕えるランバートなどは、梟木菟族の長老の座にいてもおかしくない大ベテランだが、ライヒヴァイン公爵家の執事職を辞す気はさらさらない様子で、今も粛々と執事の仕事をこなしている。

すべては大魔王さまの裁定。自身に選択権がないがゆえに、力ある主に仕えることを許された喜びは大きいものなのだろう、主に入れ込めば入れ込むほど、執事の寿命も延びるという。

悪魔に与えられた時間は永遠にも匹敵するものだが、力の強さが大きく影響する。主への忠誠心が魔力を強め、結果的に魔力のランク以上に寿命が長らえるのだ。

兄悪魔とランバートの関係を見るにつけ、自分もイヴリンに、魔力に影響を与えるほどに思われたいと願うのだが、出来損ないのアルヴィンは、いつもイヴリンに叱られてばかりだ。

大魔王さまがいったいどんな気まぐれをおこしたのか、分不相応にも与えられてしまった上級ランクと伯爵位。

その結果、一番優秀と前評判の高かったイヴリンが、アルヴィンに仕えることになったのだが、アルヴィンにとってはこれ以上ないラッキーも、イヴリンにとってはいったいなんの冗談かと、訊《き》きたい事態だったに違いない。

だからこそ、少しでもいい主でいたいのだけれど……。

「あ、月光桔梗《ききょう》が咲いてる！」

イヴリンの髪に飾ったらきっと栄えるだろう、月の光を集めたかに発光する白い花は、レースのように重なった花弁が美しい。魔界のそこかしこで見られる花ではあるが、その清楚《せいそ》さがイヴリンに似合いだと、アルヴィンはずっと以前から思っていた。

摘んで帰ったら、イヴリンは喜んでくれるだろうか。

でも、ひとまず花はあとで摘むことにして、まずは魚だ。イヴリンの今夜のおかずを調達しなくては。そして少しでも、イヴリンが笑ってくれたらうれしい。

こんな自分にも、精いっぱい仕えてくれるイヴリンに、少しでも報いたいのだけれど、上級悪魔としての能力には限界があるし、どうしても悪魔らしい振る舞いができないから、せめて喜ぶ顔が見たい。

アルヴィンの日常は、いかにしてイヴリンを退屈させることなく一日を終えるか、それに尽きる。

怒っても笑ってもいい。せめて時間を持て余すことなく悪魔界での長い長いときを過ごせたら……。

兄のように、誰もが認める上級悪魔になれないのならせめて、イヴリンに執事としての満足を与えることがかなわないならせめて、ともに過ごす長い時間に彩りを添えたい。イヴリンが人間界の猥雑《わいざつ》さを好まないなら、悪魔界で何か楽しいことを見つけるしかない。

長いときを生きる悪魔は、そもそも退屈を持て余している。意味もない戦いに明け暮れたり、必要もないのに人間を狩ったりするのもそのためだ。

でも、アルヴィンにそれはできないから。

だから、どうやってイヴリンを喜ばせようか、笑わせようか、怒らせようかと考える。朝の散歩も、そうして加えられた日課のひとつだった。

近くに生えていた針葉樹の枝を折って竿をつくり、アメジストの川に垂らす。

紫水晶の川面の下に獲物がいるのはわかっているが、利口な怪魚はそうやすやすと釣り竿にかかってはくれない。

「うーん……餌がないとダメかぁ」

森に入って虫を捕まえるしかないかと、アルヴィンは首を巡らせる。狩る者と狩られる者に大別される悪魔界の生き物であっても、アルヴィンはできる限り殺《あや》めたくなくて、極力狩りもしないのだけれど、でも吸血ミミズなら害虫駆除も兼ねる上、いい餌になるかもしれない。

そんなことを考えて、アルヴィンは川縁《かわべり》に竿を突き立て、軽やかに跳躍した。数歩で森に分け入って、下生えを探る。

「よく見かけるのに、いざ探すといないなぁ」

魔力を使えば簡単なことなのだが、アルヴィンはそうしない。できるだけ力を使いたくないと思う、気持ちの根源がどこにつながっているのか、当人にもわからないのだが、とにかく使わないほうがいいような、そんな気がするのだ。悪魔でも人間でも、狩る行為はとくに。それは小さな魔物であっても同じだが、餌がなければ、イヴリンに釣果を届けられない。

ガサゴソと、銀葉の積み重なった森の地面を漁《あさ》る。吸血ミミズは赤黒の縞《しま》模様だから、いればずぐに見つかるはずだ。

そのとき、森の奥から風が流れて、アルヴィンの鼻孔を、剣呑《けんのん》な臭《にお》いが擽《くすぐ》った。

「血の臭い……」

魔族の血の臭いだ。堕《お》ちてきた天使や紛れ込んだ人間のものではない。

そして、小さく呻《うめ》く声。

かすかに鼓膜をふるわせたそれを、アルヴィンは聞き逃さなかった。

音のする方角を瞬時に捉《とら》えて、躊躇《ちゅうちょ》なく跳躍する。はたしてアルヴィンが見つけたのは、血を流して倒れる、まだ若い悪魔だった。

「大丈夫か⁉」

ふわり…と傍らに着地して、銀葉の上に倒れる華奢《きゃしゃ》な身体を抱き上げる。

腕に残る七色の鱗《うろこ》の名残と額のチャクラから、蛇蜥蜴《ヘビトカゲ》族であることが知れた。

弱々しいエネルギーを感じる。意識はないが、死んではいない。

上級悪魔の狩りの対象にされたのだろうか。それとも吸血植物に襲われたのか。

主を持たない蛇蜥蜴族は、よく狩りの対象にされる。一方で、妖艶《ようえん》な魅力で力ある悪魔に取り入って寵愛《ちょうあい》を受け、高い位を授かる者もいると聞く。

腕のなかの悪魔はまだ少年の面もちながら、たしかに美しい。きっと狩られそうになって、逃げてきたに違いない。

イヴリンなら、治癒の能力値も高い。きっと助けてくれる。

イヴリンへの土産の花を、先に摘んでおけばよかったな…と思いながら、アルヴィンは蛇蜥蜴族の少年悪魔を腕に、ふわり…と空に浮く。次の瞬間、ぽんっ！　と弾ける音とともに、アルヴィンは館に瞬間移動した。

なにもなかった空間から突然降ってきたものに潰《つぶ》されて、イヴリンは悲鳴を上げた。

「……っ!?　アルヴィンさまっ!?」

狙いがいいのか悪いのか、イヴリンの頭上に瞬間移動したアルヴィンが、イヴリンを押し倒す恰好でのしかかっている、いつものパターン。

せめてコウモリの姿ならまだしも、したたか背中を打ちつけて、イヴリンは眉をつり上げた。

「お帰りはご自分の部屋に直接と、いつも申し上げて——」

皆まで言う前に、それに気づいた。

「どうなさったのです？」

自分の上に倒れ込んできたのが、アルヴィンだけではなかったことに気づいたのだ。

おかしいと思った。アルヴィンはいつもコウモリの姿で飛びついてくるのに、今日に限って悪魔の姿のままだったから。この姿のまま、アルヴィンが瞬間移動することはあまりない。——というか、そんな能力を使う器量がそもそもない。

「森に倒れてたんだ。助けてあげて」

まるで人間の子どもが、怪我《けが》を負った犬猫を連れて動物病院に駆け込んできたかのようだ。アルヴィンは心配げな顔で、血を流す少年悪魔をうかがった。

「蛇蜥蜴族の少年のようですね」

よもやアルヴィンが蛇蜥蜴族の魅力に惑わされて拉致《らち》してくることなどありえないだろう。吸血植物にでも襲われたに違いない。

蛇蜥蜴族は、決して能力の低い一族ではないが、魔界の森には上級悪魔に匹敵するほどのパワーを持つ怪奇な植物がうじゃうじゃと棲息《せいそく》している。少年悪魔に防げなくても道理だ。

「傷はそれほど深くないようですが、衰弱しています。ひとまずベッドに運んで様子をみましょう」

「うん」

アルヴィンが蛇蜥蜴族の少年を抱き上げる。なにも主自らがやらなくても……なにより魔力で運べば簡単なのに…と、呆れたため息を胸中でついた。——つもりだったのだが、無意識にも眉間に皺を刻み、呆《あき》れではない感情に胸中で嘆息する自分に気づく。イヴリンは、長い睫《まつ》毛《げ》を瞬《また》いて、前を歩くアルヴィンの背を見やった。

蛇蜥蜴族の少年を大事そうに抱えて、心配げな眼差《まなざ》しを落として……上級悪魔に似つかわしくない気遣う表情は、彼に使える執事として、ため息を誘うものでしかない。これまでずっとそうだった。

「イヴ！　こっちの部屋でいい？」

呼ばれて、はたと我に返る。

「奥の部屋にいたしましょう。そちらのほうが風が通ります」

アルヴィンの前に回り込んで、部屋の扉を開け、燭台に火を灯《とも》す。イヴリンの通り過ぎざま、燭台が息を吹き返したかのように、炎を揺らめかせた。

館には数えきれないほどの部屋がある。イヴリンはそのすべてを把握しているが、アルヴィンは入ったこともない部屋も多い。

ベッドのリネンをめくって、少年を寝かせるように促す。

イヴリンが軽く手をかざすと、少年の肌から傷がひとつまたひとつと消えていく。

イヴリンにどうにかできるのは、外傷が主だ。体力は当人の頑張り次第で取り戻してもらうことになる。だが、黒猫族にはさまざまな秘薬や治療法が伝わっていて、それを使えば瞬く間に回復するだろう。

「すごい……イヴはなんでもできるね」

アルヴィンが感心しきりと言う。何事にも無知な子どものように驚いて見せるのはアルヴィンの癖のようなものだ。

「この程度のことができなくては、いかな黒猫族といえども貴族に仕えることは許されません」

また大袈裟《おおげさ》に…と思うものの、自然と頬がゆるむ。それを隠すようにぶっきらぼうに返すと、アルヴィンは怪訝《けげん》そうに首を傾《かし》げた。

「じゃあ、できない黒猫族もいるの？」

黒猫族だからといって十把一絡げに語られては困る。

いささかプライドを傷つけられた気持ちで、イヴリンはアルヴィンの言葉に返す。だがすぐに、横道にそれている場合ではないと気づいた。

「ごく稀に、落ちこぼれ者が存在すると聞きますが……」

そんな話をしている場合ではない。衰弱が激しくなる前に、この蛇蜥蜴族の少年を手当しなくては。

「薬湯を煎《せん》じて参ります」

これぱっかりは、魔力で簡単に、というわけにはいかない。薬草を煎じる過程に意味があるし、なんといっても黒猫族の秘伝のうちだから、いかな主といえども煎じているところは見せられない。

「僕、この子の様子を見てるね」

イヴリンに任せてしまうかと思いきや、アルヴィンはベッド脇《わき》に椅子を引きずってきて――魔力で運べば一瞬なのに――腰を据えてしまう。そして、ぐったりと横たわる少年悪魔に視線を落とした。

「……お願いいたします」

なんだか、胸にひっかかるものを感じつつ、イヴリンは一礼を残して背を向ける。

なんだろう？　このもやもやした感じ。

己の心情に首を傾げつつも、執事としての使命感のほうが勝って、イヴリンは足早にパントリーに向かう。

黒猫族に受け継がれる魔力も知識も、すべては主のためにある。仕える主のために役立てるようにと、教えられたそれらを、他族の者に対して使うことにいくらかの抵抗がないかといえば嘘《うそ》になるが、それも主の希望とあらば受け入れるまでだ。

イヴリンの使命は、アルヴィンに献身的に仕えること。それに尽きる。

イヴリンが薬湯《やくとう》を用意して戻ると、アルヴィンはさきほどと同じ恰好で、助けた少年の寝顔をじっと見つめていた。

「代わります」

病人の世話など、館の主のすることではないと、イヴリンが代わろうとすると、アルヴィンは「いいよ」と首を横に振った。

「はじめてのお客だもん。それに俺、蛇蜥蜴族の子どもって、はじめて見るんだ」

成人した蛇蜥蜴族は見た目からして怖いけど、子どもはかわいいんだね、などと能天気なことを言う。

「怖い……ですか？」

イヴリンは長い睫毛を瞬いて、主の横顔をうかがう。

「うん。なんていうか……蛇蜥蜴族って、何を考えてるかわかんないっていうか、食われそうっていうか……不気味なところがあるじゃない」

食われるの意味が違うだろうが……妖艶な魅力で上級悪魔すら傀儡《かいらい》にすることもあるという蛇蜥蜴族の魔力も、お子様なアルヴィンに言わせれば、〝怖い〟〝不気味〟ということになるらしい。

ふいに、胸の奥にくすぶっていたもやもやがスッとなりを潜めて、イヴリンは口許を綻《ほころ》ばせる。

「なに？　なにがおかしいの？」

クスクスと笑いを零すと、アルヴィンはきょとりと目を見開いて、イヴリンを見上げた。

ベッドサイドを離れようとしないアルヴィンは放《ほう》って、イヴリンはベッドの反対側にまわり、少年悪魔の様子を診る。

答えをもらえないアルヴィンは、拗《す》ねたように口を尖らせるものの、「これが終わったらお茶にしましょう」とのイヴリンの提案に、即座にぱぁっと顔を綻ばせた。

とうに悪魔として成人しているアルヴィンだが、なかみはベッドに横たわる少年悪魔と変わらない。蛇蜥蜴族と聞いて、たいがいの悪魔はあらぬ期待を抱くものだが、アルヴィンには考えも及ばないようだ。

たしかにベッドに横たわる少年悪魔はまだまだ子どもだが、だからこそ調教のしがいがあると考える者も多いというのに。

意識を取り戻さぬ少年悪魔に、どうにかこうにか薬湯を飲ませて、あとは魔力による回復力に頼るしかない。

上級悪魔ならいざ知らず、中級や下級悪魔には、即座に傷を治すことなどできないのだから。

「イヴ、今日のおやつは何？」

「吸血林檎《リンゴ》のパイをご用意しています」

手際良く使ったものを片付けながら問いに返す。アルヴィンの視線が訴えるものに気づいて、言葉を足した。

「冥界山羊のアイスを添えましょうか」

焼き立てのパイには、冷たいアイスクリームがよく合う。

「うん！」

アルヴィンは、自分こそ少年のような顔で大きく頷いた。

3

アルヴィンが助けた蛇蜥蜴族の少年悪魔は、デューイと名乗った。

イヴリンの薬蕩が効いた様子で翌日には意識を取り戻し、ほどなくして体力を取り戻したようで、ベッドから起き上がれるようになった。

うっかり森に入ってしまい、妖獣に追われて命からがら逃げていたのだという。その途中で意識を失って、気づいたらこの館にいて驚いたと、大きな瞳をくりくりと見開きながら、身の上を話して聞かせた。

いわく、蛇蜥蜴族と生まれたからには、その美貌を武器にどこかの上級悪魔に気に入られて囲われるか、戦闘能力の高いものは一匹狼《おおかみ》的に悪魔界で行き抜いていくか、どちらかなのだが、自分は能力も低いうえに見かけも十人並みで、そのどちらもできなかったのだという。

そう言いながらも、上目遣いにアルヴィンを見やる媚《こ》びた眼差しは、たしかに妖艶な美貌で知られる蛇蜥蜴族特有のもので、イヴリンは決していい気はしなかったのだが、人のいい――悪魔だが――

アルヴィンはすっかり同情してしまった。

「お腹《なか》が空《す》いて、ついうっかり森に入ってしまったんですぅ」

甘ったれた声で、しくしくと泣きながらも、フォークは離さない。イヴリンが用意した食事をガッガツと食べる。

そんな少年悪魔の頭を「かわいそうにね」と撫《な》でたアルヴィンは「しばらくうちにいるといいよ」と思いつきでしかないことを考慮の間もなく口にして、イヴリンを呆れさせてくれた。

この下級悪魔の少年に何ができるわけではないと思うが、それでももう少し警戒心があってしかるべきだ。仮にも上級悪魔なのだから、もう少し疑ってかかったらどうなのか。上級悪魔に取り入ったり、失脚を狙ったりと、画策する中級悪魔や下級悪魔はいくらでもいるのだ。

しかし、悪魔らしからぬ主は自分の思いつきをいたく気に入った様子で、「いいよね！」と、イヴリンに確認をとってくる。

主の望みをかなえるのが執事の役目だ。アルヴィンがそう言うものを、イヴリンに否など唱えようもない。――たとえ、いくばくかの不満を覚えようとも。

「アルヴィンさまがそう言われるのでしたら」

ただ頷くのではなく、返す声にいささかの嫌味ったらしさが含まれているあたり、まだまだ自分も青いと、イヴリンは胸中でひっそりとため息をつく。

自分はともかく、ほかの悪魔の前では、もう少し上級悪魔らしくしてくれたらいいのに……。というか、情けない姿を曝《さら》すのは、自分の前だけにしてほしい。

「ですが、下級悪魔を客人扱いするわけにはいきません」

「え？　じゃあ……」

「下働きとしてなら、行き先が決まるまで、置いてあげましょう」

悪魔の上下はあくまでも位による。人間界では違うようだが、この場でデューイは客人ではないから、館のすべてをあずかる執事職にあるイヴリンが謙《へりくだ》る必要はない。

主と同等の位を有する悪魔――クライドのような――が訪ねてでも来ない限り、この館においてイヴリンはナンバーツーに位置するのだ。執事には、それだけの権限が与えられている。

「よかったね！　イヴリンは黒猫族で一番優秀な執事なんだ！　きっといろいろ教えてくれるよ！」

誰かに仕えるにしても、ひとりで生きていくにしても、きっと学べることがたくさんあるよ、とアルヴィンは自分の執事を臆面《おくめん》もなく誉めた。

こそばゆいような気持ちに駆られつつも表面上はすました顔で、イヴリンはコホンとひとつ咳払《せきばら》いをする。そして、デューイに「よろしいですか？」と確認をとった。

デューイはくりっとした目に喜びをたたえて、「よろしくお願いしまぁす」と、ぺこりと頭を下げる。

まずは言葉遣いと礼儀作法からだな…と、イヴリンは胸中でため息をつく。

この日、イヴリンがアルヴィンのためにつくった籠いっぱいの棘苺《イチゴ》のジャムは、天井まで積み上がった怪鳥卵のパンケーキとともに、アルヴィンとデューイの胃袋にあっという間に消えてしまった。

アルヴィンのために摘んだのに…と、子どものようなことを考えた自分を、イヴリンは咄嗟《とっさ》になかったことにした。


翌日から、イヴリンはデューイに館の仕事を仕込みはじめた。

これまでずっと、蛇蜥蜴族が棲《す》み処《か》としている岩穴で暮らしていたというデューイは、上級悪魔の館の造りにいたく感動した様子で、「すごいですぅ」を繰り返した。

イヴリンは、ひとつ息をついて、デューイに視線を落とす。

「語尾を伸ばして話すのはおやめなさい。少しでもランクの高い悪魔に見初められたいのならなおのこと、主に恥をかかせることのないように、正しい作法を身につけなくてはなりません」

上級悪魔に仕えるために存在する黒猫族と違い、蛇蜥蜴族は生き方を己で決めなくてはならない。

もっと強い魔力を持つ者ならともかく、デューイレベルでは、ひとりで生きていくのはほぼ不可能といっていい。

となればあとは、執事は無理でも使用人か、それも無理なら稚児としてでも、どこかの上級悪魔に気に入られるよりない。

上級悪魔は格を重んじる。美しい姿かたちだけでは、愛人どころか稚児にすらなれない。だから、それなりの知識と教養が必要となるのだ。

イヴリンに注意されて、デューイは「はぁい」と間延びした返事を返す。にっこりと小首を傾げる姿は愛らしいが、忠告が鼓膜を素通りしているのは問題だった。

「ですから……」

ぐったりと、今一度の嘆息。

そういえば、弟のようにかわいがっていた黒猫族の子悪魔も、何を教えても失敗ばかりしていたことを思い出す。

同族であっても魔力のレベルはさまざまで、大きく位が変わることはないものの、その能力には歴然とした差がある。

この子は、蛇蜥蜴族のなかでも、落ちこぼれの分類に違いない。

華やかな巻き毛といい、蛇蜥蜴族特有のルビーの瞳といい、七色の光沢を放つ鱗といい、たしかに美貌を兼ね備えているものの、それが妖艶さを醸すまでに至っていなければ意味がない。

「アルヴィンさまは、甘いお菓子を好まれます。今日は、食虫パパイヤのプリンと黒蓮華《レンゲ》の蜂蜜を使ったサブレを焼きます」

できるだけ魔界のものを口にさせるために、人間界の食べ物に似せて、イヴリンはスイーツをつくる。アルヴィンに狩りができればこんな苦労はしなくてすむのだけれど、放っておけば勝手に人間界に下りて、なんのエネルギーにもならないものを口にするから、こうでもしないとアルヴィンはどんどん弱ってしまう。

「わぁ…」

事情を知らないデューイは、はじめて見る食材を、物珍しげに大きな目を見開いて見やった。

「こんなおいしそうなもの、ボクはじめて見ました！」

パントリーの大きなテーブルに山積みになった食虫パパイヤは完熟で、豊潤な香りを放っている。この香りで魔界の生き物を呼び寄せているわけだが、本体からもがれた実に魔力はない。実が卵に姿を変える前に食べてしまえばいいのだ。

「とくに食虫パパイヤは、このあたりにしか自生していないからね」

甘いもの好きなアルヴィンの影響なのか、館の周辺には甘い実をつける魔界の植物が種類多く自生している。こういうところは上級悪魔らしいと思うのだが、この手の実は山ほど食べたところでたいしたエネルギー源にならないのが、これまたアルヴィンらしいといえる。

ようは、ほかの悪魔たちが見向きもしない果実だからこそ山ほどの収穫が得られる、というわけだ。

黒蓮華の蜂蜜も同じで、魔界植物の蜜など、本来は下級悪魔以下の餌でしかないものだ。

悪魔にとって食事はエネルギーを得る行為だから、力の強さが味覚に影響する。上級悪魔にとって一番のご馳走《ちそう》がなにかといえば、同じ上級に位置する悪魔ということだ。

とはいえ、上級悪魔同士が狩り合ったりしたら魔界をゆるがす大戦争になりかねないから、現実的には一ランク下の中級悪魔が、一番のご馳走ということになる。それだって、そう頻繁に狩るものでもないけれど。

だからこそ悪魔たちは、負のエネルギーに満ちた人間を狩るのだ。

悪魔の黒さと人間の黒さは全然違う。悪魔たちは純粋な黒いエネルギーを持っているが、人間の負のエネルギーは淀《よど》んでいる。単純な悪意ではない卑屈さは、人間特有のものだからだ。

「食虫パパイヤの実を割って、冥界山羊のミルクと混ぜます。アルヴィンさまはうんと甘いのがお好みですから、メイプルシロップをたっぷりと入れて……」

「メイプルシロップ？」

「黒樺《カバ》の樹液です。人間界に生えている白樺の何倍も大きくて、何倍も蜜がとれるんです」

はじめて目にする黄金色の液体を、デューイはルビーの瞳をまんまるにして眺める。物欲しそうな顔をするので、スプーンに掬《すく》ってひと口だけ味見をさせてやると、デューイは零れ落ちんばかりに目を見開いた。

「おいしいですぅ～」

蛇蜥蜴族らしからぬ仕種《しぐさ》でぴょんぴょんと飛び跳ねて、「おいしい」を連呼する。目がハートになっているのを見て、イヴリンはくすくすと笑いを零した。

「どんなにおいしくても、盗み食いは許されません。仕える者としての分をわきまえること。でなければ主の信頼は得られません」

同族でもないのに、どうして自分はこんなに丁寧に教えているのだろうかと、訝《いぶか》りながらも、生真《ま》面目《じめ》なイヴリンは手を抜くことができない。

その上で、「イヴリンさまは、なんでもご存じなのですねぇ」などと、きらきらの眼差しを向けられてしまえば、生来の優等生気質が責任感を刺激する。

――アルヴィンさまがあんなふうにおっしゃるから……っ。

アルヴィンは、デューイにイヴリンを黒猫族一の執事と紹介した。その期待に応《こた》えなければならない。主に恥をかかわせるわけにはいかないのだ。

「プリンもガレットも石窯《いしがま》で焼きますから、火の具合を見ます」

石窯には蜷局《とぐろ》サラマンダーが棲んでいて、常に火を吹いている。こうした小型の魔界獣を自在に操るのも、執事に求められる能力のひとつだ。

手懐けられたサラマンダーは、イヴリンが求める火力で炎を吹く。焼きプリンの型とガレットを並べた天板を同時に窯に入れても、最適な焼き加減で同時に焼きあがる。

「わ……っ」

石窯の鉄扉を開けたとたんに火が吹き出して、驚いたデューイは華奢な身体を仰《の》け反《ぞ》らせた。

「気をつけて。サラマンダーは気が荒いから」

とくに蜷局サラマンダーは手懐けるのが難しいとされている。そのかわり主をひとりと定め、一度懐くと生涯傍を離れないとも言われる。

サラマンダーは人型をとれないけれど、蛇蜥蜴族に近い魔獣だ。デューイの気配を察して、驚いたのかもしれない。

石窯のなかを覗《のぞ》くと、サラマンダーが炎をパチパチと弾かせていた。警戒している証拠だ。

「デューイです。アルヴィンさまが森で助けて、しばらく館にとどまることになりました。私の代わりに窯の扉を開けることがあるかもしれません。よろしくお願いします」

警戒の必要などないのだと教えるかわりに説明すると、サラマンダーは一度炎を揺らめかせて、そしてもたげていた頭を蜷局に埋《うず》めた。

「おいしく焼き上げてくださいね」

あとはよろしく、と声をかけて、プリンとガレットを入れた石窯の扉を閉める。なかから「きゅい」

とサラマンダーの鳴き声が聞こえて、イヴリンは口元を綻ばせた。

デューイはイヴリンの背中に隠れるようにして、その様子をうかがっていた。

「大丈夫ですよ。サラマンダーはむやみに襲いかかってきたりはしませんから」

自分の肩ほどの位置にある巻き毛をそっと撫でると、デューイは不思議そうにイヴリンを見上げて、つぶらな瞳を瞬いた。

「お菓子が焼けるのを待つ間に、館の見回りをすませてしまいましょう」

「はぁい」

指示に返される、間延びした返事。この日何度めかのため息を胸中でつきつつも、イヴリンは背筋をのばして館の長い長い廊下を歩く。

デューイを仕込むのは、なかなか骨が折れそうだ。

教えるのは人のためならず。我が身の精進と思えと、執事修行の終盤、弟分たちの面倒《めんどう》を見ていたときに、黒猫族の長老からかけられた言葉が蘇《よみが》る。

いつまでたっても上級悪魔らしくならないアルヴィンにいらいらさせられているよりは、覚えの悪い生徒に手を焼いているほうがよほど精神衛生上いいかもしれない。

イヴリンが進む先、燭台の蠟燭《ろうそく》が自ら火を灯していく。その様子を、デューイがあんぐりと目を見開いて見ている。

一歩外に出れば、館のとんがり屋根に棲む使い魔鴉《カラス》が、イヴリンの気配を察して高く鳴く。問題なしと報告しているのだ。

結界の張られたラインを示す行灯百合《あんどんゆり》が、イヴリンの足下を照らすように、ぽっぽっと淡い光を放って揺れる。

白い小花を咲かせていた棘苺は見る間に実って、真っ赤に色づく。

館の裏手にきたところで、イヴリンはそれに気づいて足を止めた。

「おや、こんなところにまた見たことのない植物が……」

後ろをついてきたデューイは、イヴリンの背中から顔だけ出すような恰好で恐々と様子をうかがう。

妖魔に襲われたのが、よほどこたえているらしい。

それにしても…と、イヴリンは首を傾げる。どうしてこの館の周囲には、ほかでは見かけない珍しい植物が集まってくるのだろう。

「人間界のドラゴンフルーツに似ていますね」

毒々しい赤紫と黄緑の縞模様の実が、重さにしなる枝の先にぶら下がっている。

白く長い指をかざして、「答えよ」と命じる。

食べられるのか、甘いのか、毒はないのか、どう調理するのが一番おいしいのか、植物自身に尋ねるのだ。

「シャーベット？　人間界の冷たいデザートのことですね」

収穫どきを尋ねれば、まさしく食べごろだというので、摘んで帰ることにした。

イヴリンが指を鳴らすと、黒鶫《ツグミ》が飛来して、自分の身体の何倍もある果実を摘み、重そうに羽ばたく。向かう先は館のパントリーだ。イヴリンが戻ったときには、テーブルの籠に山盛り、ドラゴンフルーツが盛られていることだろう。

枝に残ったひとつを、ちょいちょいっと指先でつつくと、その実は自ら枝を離れて、傍らのデューイの手に転がり落ちた。

「おまえのおやつです。食べてごらんなさい」

デューイはぱぁぁっと顔を綻ばせて、両手に余る大きさの実を大事そうに抱えた。

「ありがとうございますぅ」

どうにも自分は、保護者体質なのだな…と、イヴリンは口許に微苦笑を刻む。

「戻って、お茶の用意をしますよ。お菓子が焼き上がる時間です」

デューイを促して、館に足を向ける。

パントリーに戻ると、さすがは上級悪魔の鼻と、果たして感心していいのか、椅子の背を抱えるような恰好で、アルヴィンが石窯の前に陣取っていた。

「アルヴィンさま……」

ズキズキと痛むこめかみを押さえ、イヴリンは長嘆をひとつ。

「イヴ！　もう焼ける？　この匂《にお》い、イヴ特製のプリンだよね！」

期待に輝く金の瞳に、イヴリンは弱かった。諦《あきら》めのため息とともに、手のかかる主を諌める言葉を口にする。

「お部屋でお待ちください。すぐにお茶の用意をします」

お行儀が悪いですよ、と椅子に逆向きに腰掛けるアルヴィンを諌める。アルヴィンは、それに頷くかわりに、傍らに立ったイヴリンの胸元に顔を寄せた。

「イヴ、甘い匂いがする」

するりと腰にまわされる手は、人間の子どもが母親に縋《すが》るような仕種で、甘えを滲ませるものでしかない。そんなものにドキリとさせられて、イヴリンはわずかに瞳を眇めた。

「館の裏手で新しい植物を見つけたのです。その果実の匂いでしょう」

そう言って、テーブルの籠に盛られた、黒鶫が運んだ果実の山を視線で示す。アルヴィンは、「また増えたんだ？」と瞳を瞬かせた。

するとイヴリンの一歩後ろでふたりのやりとりをうかがっていたデューイが、「アルヴィンさま！」と進み出る。

「これ、いただきました！」

大事に抱えていたドラゴンフルーツを差し出して、嬉しそうに報告する。

アルヴィンは、イヴリンの腰に甘えた恰好で見上げて、ニコリと微笑《ほほえ》んだ。その笑みから逃げるように長い睫毛を瞬いて、イヴリンは視線を落とす。

アルヴィンは、「よかったね、きっと美味しいよ」とデューイに頷いてみせ、それからねだる視線をイヴリンに戻した。

「シャーベットにしようと思います。それとも、そのまま召し上がられますか？」

果実なのだから、調理せずとも食べることができる。アルヴィンから返されたのは、予想どおりの言葉だった。

「イヴのつくったお菓子がいいな。そのほうがうんとおいしいから」

アルヴィンは、イヴリンが手をかけたものを口にしたがる。悪魔界の食べ物に限っては、イヴリンの手を介したものしか口にしないと言ってもいい。

それは、アルヴィンが誰よりもイヴリンを信頼していることの表れだ。

その意味で、イヴリンは執事としてこれ以上ない喜びを得られていると言えた。

「お茶を淹れます」

「うん」

頷くだけで、動かない。

「放してくださらないと、お茶が淹れられません」

プリンの焼き上がりが待ちきれない様子だったのに、アルヴィンは手を放そうとしなかった。

そういえば最近は、甘えてくるときはいつもコウモリの姿だったと思い至る。それに慣れてしまっていたから、さっきドキリとしたのかもしれない。

「魔力を使えばいいじゃん」

「手をかけなければ、おいしいお茶は淹れられないんです」

この日何度目かのため息とともに、諭すように返す。

そんなやりとりを交わすふたりを、腕に大きなドラゴンフルーツを抱えたデューイがじいっと観察していた。

豊潤な甘い香りを放つ大きな果実を、先の割れた舌でペロペロと舐《な》めながら、ルビーの瞳の中心にふたりを映す。

長い睫毛がひとつ瞬くと、その瞳がカメラのレンズのように焦点を定めて、その向こうに存在する者の気配を、ほんの一瞬過《よぎ》らせた。

こちらもまた、広い広い悪魔界の片隅。

ライヒヴァイン城。

アルヴィンの兄、クライドが座する城は、悪魔界の生き字引とも言われる老執事が取り仕切っているだけあって、隙《すき》なく整えられ、威厳を醸していた。

上級悪魔のなかでもとりわけ選ばれた者だけが与えられる公爵の位は伊達《だて》ではない。

高い塔に設えられた主の居室から、遠く魔界の山並みを眺めながら、クライドはスッと目を細める。

そこへ、ドアをノックする音が上品に響いた。

「クライドさま」

「貴様にも見えたか」

「はい」

長年クライドに仕える老執事は、本来なら梟木菟族の長老の座にあってもおかしくはない知識と経験とそして魔力の持ち主だ。クライドに見えるのと同じものが見えていてもおかしくはない。

「いかがいたしましょう？」

「しばらくは様子見だな。私は私の役目を全うするだけだ」

クライドの言葉に、老執事は黙って頷くのみ。だが、その片眼鏡《かためがね》の奥には、今なお衰えぬ観察眼が光っている。

「鴉を飛ばしておけ」
斥候《せっこう》の役目を果たす鴉を飛ばせと命じると、老執事は「かしこまりました」と慇懃《いんぎん》に腰を折った。

終始イヴリンにくっついて執事の仕事を学びながらも、デューイはアルヴィンにすっかり懐いた。ことあるごとに「アルヴィンさま、アルヴィンさま」とくっついて歩き「聞いてください」「見てください」と、自分の体験した驚きや感動を、分かち合いたいのだとばかりに報告をする。アルヴィンはアルヴィンで、助けた責任があると思うのか、単純に退屈しのぎをしているだけなのか、デューイがまとわりついても邪険にすることなく、まるで小さな弟ができたかのように接していた。

悪魔界においては自分が末弟とされているために、弟という存在に興味があるのかもしれない。イヴリンが庭の手入れをしている横で、アルヴィンは芝生に大の字になって昼寝をしたり、どこからともなく寄ってきた小魔獣相手に遊んだりしているのが常だ。

今日も、ひきずるような長い耳をした羽根兎《うさぎ》が二羽、アルヴィンの膝《ひざ》を占領して、黒い毛玉のように丸くなっている。

かわいらしい以外になんの能力もない魔獣ゆえに、狩られて悪魔の衣装を飾るファーにされることが多いが、アルヴィンはそうした装飾を好まない。

狩られないとわかっているから、羽根兎たちも安心してアルヴィンの傍にいるのかもしれない。

そう考えると、デューイがアルヴィンに懐くのも道理だ。

上級悪魔に狩られ、己の意思とは無関係に従属を強いられることを思えば、まったくそんな気のないアルヴィンの傍は居心地がいいに違いない。

一方のアルヴィンも、悪魔界の片隅で暇を持て余している。狩りもしなければ悪魔界の政治と呼ばれる貴族同士の付き合いに顔を出すわけでもない。

アルヴィンの兄のクライドなどは、そういうところが巧みで、同じ公爵位を持つ悪魔のなかでも、とりわけ大魔王の寵愛が強い。アルヴィンとは正反対の性格なのに、なぜ気が合うのか、イヴリンは不思議だった。

上級悪魔の価値観など、仕える身にある者に理解できるはずもない、ということだろうか。

膝でくーくーと眠る羽根兎を撫でていたアルヴィンが、ふいに何か思いついた顔で「おいで」とデューイを手招きした。

イヴリンが鋏蟷螂《はさみかまきり》に剪定《せんてい》させた小枝を集めていたデューイは、抱えていた小枝を放り出し、嬉しそうに駆けていく。

何をするかと思いきや、アルヴィンは羽根兎の長い耳を、蝶々《ちょうちょ》結びにしてしまう。そして、かわいいねと同意を求めるようにデューイに微笑みかけた。

デューイは「かわいいですぅ～」と、いつもの間延びした口調で、羽根兎の一羽を抱き上げる。だが、真っ赤な目を見開いた羽根兎は、何かに驚いたように小さな身体をぴくんっと痙攣《けいれん》させて、逃げるようにアルヴィンの膝に戻ってしまった。

蛇蜥蜴族のデューイを、天敵と勘違いしたのだ。デューイは不服そうに口を尖らせて、アルヴィンの膝で丸くなる羽根兎に顔を近づける。

アルヴィンにおおいかぶさるような恰好だ。羽根兎は少し怯《おび》えた様子を見せたものの、アルヴィンが背を撫でると、その場にじっとうずくまった。

羽根兎の長い耳を結ぶのは、飼う者がよく行う装飾のようなものだ。羽根兎は耳を自在に操るから、本当に嫌なら自分で解いてしまう。そのかわり、気に入れば、今アルヴィンの膝を陣取る一羽のようにおとなしくされるがままになっている。

事実、「結んでごらん」とアルヴィンに言われてデューイがもう一羽の耳を結ぶと、いやだっと言うように、羽根兎はすぐに耳を解いてしまう。

頬を膨らませるデューイを、アルヴィンが愉快そうに笑った。

「アルヴィンさまっ」

拗ねたデューイの甘ったれた声が、少し離れたところから聞こえて、イヴリンは青薔薇《バラ》の花柄を摘む手を止めた。

剪定を命じていた鋏蟷螂を解放すると、窯の薪《まき》に使う小枝を抱えて、鋏蟷螂は飛び去った。パントリーに薪を運んだところで、彼らの役目はひとまず終わりだ。

「この子たち、館で飼いましょうよ」

デューイが羽根兎の耳をいじりながら言う。アルヴィンは「うーん」と思案のそぶりを見せた。

「羽根兎は存外と神経質な生き物です。群れで暮らす習性があって寂しがりですから、群れから引き離すと弱って死んでしまうこともありますよ」

ふたりに歩み寄ったイヴリンが忠告すると、アルヴィンは「そうなの?」と目を丸めた。デューイも残念そうに肩を落とす。

「こんなに懐っこいのにぃ」

「それはアルヴィンさまの膝にいるからでしょう」

アルヴィンは小型の魔獣に好かれる性質だ。イヴリンが使役獣として操るのとは違い、向こうから寄ってくる。

羽根兎のような力の弱い魔獣にまで敵ではないと思われているのか、それとも他《ほか》に理由があるのか。

「さあデューイ、あなたにはまだ仕事がありますよ」

館で世話になる限り、果たすべき役目がある。さぼっている場合ではないと忠告すると、言われたデューイではなく、アルヴィンが申し訳なさそうに肩を竦めた。

「ごめん。僕が呼んだからだね」

自分のせいでデューイが叱られてしまったと、下級悪魔の使用人に詫びる上級悪魔など、悪魔界広しといえども、アルヴィンくらいのものだろう。

もっと貴族らしくするようにと、デューイの前で苦言を呈するわけにもいかず、イヴリンは長嘆を呑《の》みこむ。

何より、理不尽にデューイを叱りつけた自覚があるだけに、返す言葉を見つけられなかった。

アルヴィンが鼻先をつつくと、すっかり和んでいた羽根兎が顔を上げる。「またね」と声をかけられた羽根兎は、頷くかに長い耳を揺らして、そしていずこへともなく消えた。

それを見送って、アルヴィンが腰を上げる。そして、ぺたりと座り込んだままのデューイに手を差し伸べた。

またもチクリ…と、イヴリンの胸の奥を棘が刺す。それをなかったことにしようと唇を引き結んで、イヴリンは踵《きびす》を返した。

「イヴ?」

イヴリンの様子を訝って、アルヴィンが怪訝そうに呼ぶ。鈍いくせに、こういうときに限って敏《さと》いのは反則だ。

「ディナーの用意がありますので」

さきに戻りますと、もはやデューイも放って背を向ける。

そもそも行き場がないというデューイにアルヴィンが同情したのがはじまりで、この館に執事見習いなど不要なのだから、放っておけないのなら、羽根兎と同じように、お気に入りのペットとして飼えばいいのだ。蛇蜥蜴族を情人に囲う悪魔は多いのだし、いまは子どものデューイも、すぐに妖艶な魅力を振りまくようになるだろう。

そんなことを考えたら、ますます不快になって、イヴリンはパントリーに立ち尽くす。

最近の自分はどうかしている。

アルヴィンへの忠誠心にかげりはないと言いきれるし、デューイをかわいく思う気持ちはたしかにあるのに、ふたりが仲良くしているのが気に食わないなんて。

主の交友関係にまで口出しするのは執事の範疇《はんちゅう》ではない。よほど気にかかる事項があれば別だが、デューイはただの行き倒れの少年だ。

ひとつ深呼吸をして、仕事に戻ろうとしたときだった。

アーチ窓から飛び込んでくる、黒い影。

「イヴ！」

バサッという羽音を聞いた、と思った次の瞬間には、イヴリンの視界は黒いものにおおわれていた。

「……アルヴィンさま」

コウモリに姿を変えたアルヴィンが抱きついてきたのだ。

「イヴ、イヴ、いまのってさ、ヤキモ……」

皆まで言う前に、アルヴィンの声は途切れた。

べリッと音がしそうな勢いで、イヴリンがアルヴィンをひきはがしたからだ。

「アルヴィンさま」

地を這《は》う声に、アルヴィンが肩を竦める。

「……はい」

首根っこを摑まれた恰好で、コウモリ姿のアルヴィンは上目遣いにイヴリンをうかがう。つぶらな瞳に、今日こそ絆《ほだ》されたりするものか。

「上級悪魔としての自覚をお持ちくださいと、何度言えばおわかりいただけるのでしょうか」

「……ごめん」

しゅん…と肩を落としたコウモリは、次の瞬間、ぽんっ！　と弾ける音とともに変身を解いた。

人型でぎゅううっと抱きつかれるよりは、コウモリ姿のほうがマシだったかもしれない。

「お放しください」

「でも……」

「暇つぶしのお相手なら、デューイがするでしょう。執事は暇ではないのです」

「う……ん……」

冷たく言い放てば、アルヴィンは渋々腕を放した。

拗ね顔を視界に入れないように背を向けて、イヴリンは手を動かしはじめる。鋏蟷螂に運ばせた薪を確認して、それからディナーの用意をして……やることはいくらでもあるのだ。

無視を決め込むイヴリンを振り返り振り返り、アルヴィンがパントリーを出ていく。

何か言いたげだったが、アルヴィンの口から言葉が紡がれることはなかった。


館の塔のとんがり屋根の上で、アルヴィンは膝を抱えてため息をつく。

「イヴ……怒っちゃったのかな……」

僕が情けない主だから…と、呟《つぶや》いて月を見上げた。

「どうして僕は兄上たちのように悪魔らしくなれないのかなぁ」

悪魔としての資質に欠ける上級悪魔なんて聞いたことがない。そんな自分の執事に、黒猫族で一番優秀と評判だったイヴリンが遣わされた理由もはっきりしない。もっとイヴリンにふさわしい主がいるのではないか。イヴリンも、そう思っているのではないか。

「兄上にならイヴもっと仕え甲斐《がい》があるんだろうなぁ」


自分はイヴが執事として傍にいてくれて嬉しいけれど、イヴは違うのかもしれない。

そんな不安がここ最近になってとくに胸を騒がせるようになって、だから悪いと思いつつデューイを利用した。

自分が必要以上にデューイをかわいがっていたら、少しくらいはイヴリンがヤキモチを焼いてくれるんじゃないか、なんて……。

アルヴィンらしからぬ打算は、案の定空回りして、結果的にイヴリンを怒らせてしまった。――と、アルヴィンは落ち込んでいた。

何かの間違いで上級悪魔に位づけされてしまったとしか思えない自分より、もしかすると能力値が高いかもしれない執事が、出来の悪い主に心酔してくれるはずがない。

クールで有能で、黒猫族特有のツンと澄ました美貌は、蛇蜥蜴族の艶《つや》めいた美貌より、アルヴィンにとっては訴えかけるところが大きい。

あまり見せてくれないけれど、イヴリンは黒猫の姿になっても、それはそれは美しいのだ。真っ黒な毛並みはつやつやで、額に浮かぶ三日月模様が銀色に輝く。スレンダーなボディにすらりと長い尻《しっ》尾《ぽ》、そして澄んだブルーの瞳。

本当は、羽根兎じゃなく、黒猫に姿を変えたイヴリンを膝に抱いてお昼寝がしたい。朝目覚めたときに、黒猫姿のイヴリンが枕元《まくら》で丸くなっていてはくれまいか。

口には出せないけれど、実はアルヴィンは、だいぶ以前からそんな妄想という名の望みを抱いていた。

でも、長い長いときを生きる悪魔は、暇を持て余しているくせに、大きな変化を嫌う。イヴリンとふたりの生活は、悪魔にあるまじきほどに平和で幸せで、はじめのうちこそそれで満足していたのだけれど、やがてじわじわと違う感情がアルヴィンの胸中を満たすようになった。

そして同時に、このままではいつかイヴリンに見捨てられるのではないかという恐怖も……。

今一度ため息をついたときだった。

「アルヴィンさま」

呼ばれて首を巡らせると、塔の三角窓からデューイが顔を覗かせている。

「どうしたの？」

危ないよ、と飛べないはずの蛇蜥蜴族の少年を気遣う。だがデューイは、思いがけず不安のない足取りでアルヴィンの傍らにやってきた。

「よかった。やっとひとりになってくれた」

ふふっと笑う、その口調は、ここしばらくで聞き慣れた、甘ったれた舌っ足らずなものとは違っていた。

「デューイ?」

いったいどうしてしまったのかと、きょとんとするばかりのアルヴィンに、デューイは膝でにじりよる。そして、ルビーの瞳を瞬いて、上目遣いにアルヴィンを見やった。

顔立ちのみならず、身体の大きさも違っている。

肌のところどころ、うっすらと存在をうかがわせるのみだった七色の鱗が、今は白い肌を覆い、光沢を増している。

肩の長さほどだったはずの巻き毛は、しなやかな背を覆うほどに豊かに波打っている。

「デューイ、きみ……」

少年だと思っていたのは、こちらの勘違いだったのか。

悪魔はその能力によって姿かたちを自在に変えることが可能だけれど、下級悪魔の場合、多くは本来の姿より大きくなることはできない。

だが、逆なら可能だ。

力あるものが弱きものを騙《かた》ることはたやすい。だが、何かの目的もなく、そんな面倒なことをすることもありえない。

「助けてくださったこと、とても感謝しているんですよ」

色香を放つ美青年に変化したデューイは、白い手をアルヴィンの胸に添えてすり寄る。

身につけるものはそのままに身体だけ大きくなっているものだから、際どさが半端ない。

濃い媚びを滲ませた仕種は、蛇蜥蜴族らしい艶をまとっていて、多くの悪魔が情人やペットとして囲う理由もわかるというものだ。

「アルヴィンさま、ボクを飼ってくださいませんか？」

「……は？」

唖然呆然《あぜんぼうぜん》とするばかりのアルヴィンは、間抜けた声で聞き返してしまった。

デューイは、白い手をするりとアルヴィンの首にまわして、鼻先を突きつける恰好で甘ったるく囁《ささや》く。

「だって、黒猫族は気位が高くて、ヤらせてくれないでしょう？」

「……」

言葉の意味を、咄嗟に理解しかねて、アルヴィンは怪訝そうにルビーの瞳を見返した。――が、やや してはたと気づき、挙動不審に陥った。

「…え？　いや、そんな……っ」

自分はイヴリンをそんな目で見ているわけでは……いや、まったくないと言ったら嘘になるけれど、でも執事に対してそんな不埒《ふらち》は許されないし、黒猫族への冒瀆《ぼうとく》だとかなんとか、イヴリンならきっと激怒するに違いない。

「ボクなら、なんだってしてしてあげるしさせてあげますよ」

真っ赤になって焦りまくるアルヴィンに流し目を注いで、デューイは体重を乗せてくる。

「貴族って変態が多いから、だから再生能力の高い蛇蜥蜴族が好まれるんですよ」

縛ってもいいし折檻《せっかん》してもいいし、どんなプレイもお望みのままだと誘う濡《ぬ》れた声に、コロリとまいる悪魔も多いのかもしれないが、アルヴィンにとっては完全に逆効果だった。

「ちょ……待……っ」

細い肩を押しやるものの、思いがけず強い力で押さえ込まれて、ふりほどけない。

「デューイ、落ち着いて！」

叫んだときだった。アルヴィンの身体が、ぎゅううっと目に見えない力で拘束されたのは。

「な…に……？」

まるで大蛇に巻きつかれているかのように、強い力で締めつけられて、身体の自由を奪われる。

ここに至ってようやく、アルヴィンはことの重大さに気づいた。

「ふふ……」

デューイの真っ赤な舌が、ペロリと艶めく唇を嘗《な》める。

「デューイ、おまえ……」

わざわざ弱き者を装ってまで蛇蜥蜴族の彼が館に入り込んだからには、そこにはかならず意味がある。けれど、貴族同士の面倒なつきあいから一歩引いた場所にいるアルヴィンは、謀《はかりごと》とは無縁の、言ってしまえばはみ出し者だ。そんな自分が狙われる意味がわからなくて、アルヴィンは戸惑いに瞳を瞬かせるのみ。

そんなアルヴィンを、デューイは少年の姿のときに見せていた無邪気さからは想像もつかない声音で嘲《あざけ》った。

「ホント、なんであんたみたいなのが上級悪魔なんだろ。中級程度の能力もないいんじゃないか」

狩るどころか、誘いに乗ることもできないなんて、とアルヴィンの不甲斐なさを笑う。そして、「不相応な位なんかもらうから、恨まれるんだ」と、この状況の理由に触れる言葉を漏らした。

——恨み？

思いがけない言葉を聞いて、アルヴィンは思考を固まらせる。

「ボクと楽しんでる間に全部終わってるから。——いい夢を見させてあげるよ」

デューイのルビーの瞳が怪しく光る。

「全部って……」

いったいどうしてこんな状況に陥っているのか、自分が誰かの恨みを買っているとして、しかしなぜ自由を奪われデューイに迫られなければならないのか。

「悪く思わないで。ボクも面倒はごめんだから。さっさとカタをつけてずらかりたいんだ」

「……っ」

アルヴィンを締めつける目に見えない力が強められて、小さく呻いたときだった。

「アルヴィンさま？」

姿の見えないアルヴィンを探すイヴリンの声が室内から届いて、一瞬そちらに注意が逸れた。

わずかにゆるんだ拘束を抜けだそうとして、しかし状況は悪化した。アルヴィンのなかに、デューイを敵視しきれない甘さが残っているがゆえに招いた状況だった。

デューイの腕を振り払おうとして、塔の三角窓から室内に転がり落ちてしまったのだ。

「アルヴィンさま？　ディナーの準備が……」

イヴリンが奥の寝室を覗いたのと、ベッドの真上に開いた三角窓から、アルヴィンとデューイが転がり落ちてきたのはほぼ同時のことで、反射的にデューイを庇《かば》ったアルヴィンは、自身がクッションになる恰好で、その胸にデューイを受け止めていた。

「わ……っ」

「きゃっ」

自分ひとりだったら、おっこちる前にコウモリに変身していただろうが、お人好しのアルヴィンには、たとえ目的も知らされぬままに無理矢理《むりやり》拘束され迫られていたのだとしても、デューイを放り出すことができなかったのだ。

もつれ合うようにして落ちたふたりが、ベッドの上で抱き合う恰好になったのは不可抗力だったが、タイミング悪くその場面を目撃してしまったイヴリンにとっては、そうなった過程などどうでもいいことだった。

「アルヴィンさま……デューイ……？」

青の瞳が、ゆるり…と見開かれる。信じられないものを見る眼差しで、イヴリンはその瞳の中心に主と蛇蜥蜴族の少年……いや青年を映した。

「……っ！　失礼しましたっ」

弾かれたように踵を返す。瘦身《そうしん》は瞬《まばた》きの間に扉の向こうへと消えた。黒燕尾の裾《すそ》が、長い尾に変化して、そして小さな獣が跳躍する。

「イヴ!?」

黒猫に姿を変えたイヴリンは、瞬く間にアルヴィンの視界から消えてしまった。

「イヴ！　待……っ」

イヴリンを追おうとして、しかし再び強い力で拘束される。

「だぁめ。ボクと遊んでくれなきゃ」

「デューイ！　放すんだ！」

「ヤだ。すっごく妬《や》けちゃったから、絶対に放してあげない」

にっこりと、ルビーの瞳が間近に煌《きら》めく。

その瞳の中心に、デューイを操る者の影を見る。

その瞬間、アルヴィンの金の瞳が、炎の揺らめきを宿した。


猫の姿に変化したのは、意識してのことではなかった。強いショックのあまり、咄嗟に姿を変えてしまっていたのだ。

妖艶な美しさを醸す青年は、たしかにデューイだった。

なにがどうしたのか、姿を変えたデューイと、アルヴィンがベッドの上で抱き合っていた。

蛇蜥蜴族には、位の高い悪魔に取り入って、囲われることで生きる者も多い。アルヴィンは、どんなに気性がやさしくとも伯爵位を持つ上級悪魔だ。デューイがそうして生きることを選択しても、そしてアルヴィンがそれを受け入れても、おかしなことではない。

デューイを助けたのはアルヴィンだし、かわいがってもいた。あの妖艶な姿は、アルヴィンがそう望んだがゆえのものなのか。

額に銀色の三日月型をいただく漆黒の毛並みと青い瞳。しなやかなボディの美しい黒猫が駆ける先、長い廊下の奥に、ふいに現れる闇。

「何者!?」

たっと足を止めて、イヴリンは長い尾を立て、低く威嚇《いかく》を放った。

黒い煙のようだった闇が見る間に形をなして、イヴリンは青い瞳を眇める。黒い渦の中心から響く声にまとわりつく淀みは、高潔な悪魔のまとう真の闇とは異質なものだった。

「面白《おもしろ》い。我が弟は執事にぞっこんと見える」

耳障りなしゃがれた声だった。

記憶の底にひっかかるそれに気づいて、どこかで…と思考を巡らせる。

淀みのなかから現れた姿に、イヴリンは目を瞠《みは》った。

「あなた…は……、……っ！」

何者か気づいて、全身に警戒をみなぎらせた。毛を逆立て、髭《ひげ》をふるわせる。

アルヴィンの、いったい何人いるか知れない兄悪魔のひとりだった。

絶大な力を持つ長兄クライドとは比べようもない小物だが、それでも一応は上級悪魔の片隅に位置していたはず。

だが、貴族と呼ばれる上級悪魔らしからぬ姿はどうしたことだろう。

ボロボロの長衣に艶をなくした髪、色褪《いろあ》せた装飾具。

薄汚れた姿は、とてもアルヴィンと同じ伯爵位を持つ悪魔とは思えないありさまだ。

「いったい何が……」

困惑に青い瞳を瞬く。

イヴリンがアルヴィンに仕えはじめて以降、クライド以外の兄弟が訪ねてきたことなどただの一度もなかった。

なにかしらの理由がない限り、他の悪魔の館を訪ねることなどない。しかも正面からではなく、こんな場所に突然現れて、何よりまとう淀みが尋常ではない。

執事として対応すべきかと、悩んだのも一瞬のこと。イヴリンは突然の訪問者を、敵とみなした。

全身の毛がそそけ立っている。おびただしい殺気がその原因だ。

「何用か⁉」

フーッと低く威嚇して、淀みの行く先を塞《ふさ》ぐ。長い廊下の先には、アルヴィンの居室がある。ここを通すわけにはいかない。

「威勢のいいことだ。黒猫族は本当に忠義だな」

嘲る声が長い廊下にこだまする。

いかなアルヴィンだとて気づかないわけがないだろうに……と考えて、イヴリンはそれに気づいた。

「まさか……デューイは……」

デューイに足止めされていて、アルヴィンは動けないのかもしれない。

「蛇蜥蜴族は便利だ。頭がないから簡単に契約を結ぶ。そのくせ再生能力が高いから、簡単には死なない」

実に使い勝手がいい…と、声音に厭《いや》らしさを滲ませる。イヴリンは嫌悪に眉根を寄せた。

「なんてことを……っ」

強い者が弱い者を支配するのが悪魔界の大原則だ。だがそこには、犯さざるべき最低限のルールがある。

それを破ることは、絶対的な存在である大魔王に背く行為だ。何があろうとも許されない。

「この先には行かせぬ！」

猫の姿で四肢を踏ん張って、イヴリンは無礼な訪問者を見据える。

ゆっくりと歩み寄ってくる相手に、間合いをはかって飛びかかった。

「……っ！」

淀みをまとった男が悲鳴を上げる。黒猫に姿を変えたイヴリンの爪が黒い陰をひっかいたのだ。

咄嗟に顔を庇った青白い手の甲に、一筋の傷。猫の爪ごときとあなどるなかれ。主を守るためなら、黒猫族は牙《きば》も剝《む》く。

「こ…の、忌々しい黒猫族めが！」

振り下ろされた腕からカマイタチが形を成したかのような刃《やいば》が放たれて、イヴリンは身を翻した。

イヴリンを狙った刃が廊下に突き刺さる。まともに食らったら一撃で終わりだ。

突き刺さった刃が淀みに姿を変え、その空間をも侵食しはじめる。放っておいたら、館ごとのっとられかねない。

「いったいなにが狙いだ!?」

なぜこんなことをするのかと、目的を問う。

淀みをまとった黒い影は、イヴリンの問いのいったい何が気に障ったのか、カッと目を見開いた。

次の瞬間、先に放たれたものの、何倍もある大きな刃が襲いかかって、紙一重でイヴリンを掠める。

黒毛が数本、はらり…と舞った。そしてポタリ…と滴る鮮血。――それに気を取られた隙を突かれた。

「……みぎゃっ！」

刃とは違う衝撃が小さな軀《からだ》を襲って、弾き飛ばされたイヴリンは、壁にしたたか打ちつけられた。

「……っ」

そのまま廊下に倒れて、意識を失う。

くったりと倒れた黒猫になど興味はないとばかりに奥へ進もうとした黒い影だったが、何かを思いついた様子で足を止めた。

その口が、狡猾《こうかつ》な笑みをたたえて歪《ゆが》む。

「面白い。貴様には餌になってもらおうか」

そんな呟きとともに、意識を失ったままのイヴリンを呑みこんで、淀みは現れたときとは反対に、中心に向かって収束していく。

そして、なにごともなかったかのように消えた。

「イヴ！」

アルヴィンの声が廊下に響いたときには、イヴリンも黒い影も、姿を消したあとだった。


時間を前後して。

デューイの拘束に足止めを食らっていたアルヴィンは、その気配を察してハッと目を見開いた。

「デューイ」

のしかかる細い肩を掴む手にぐっと力を込める。

「やっとその気になった？　ふふ……」

しなだれかかってくる痩身を目に映しもせず、アルヴィンはデューイを突き放す。

バチッと静電気が弾けるような音とともに、デューイの痩身はベッドの端に飛ばされて、見る間にもとの少年の姿に戻った。

「……え？　なんで……」

困惑顔のデューイを放って、アルヴィンは部屋を飛び出す。

アルヴィンが察したのは、淀みが館に現れた気配だった。

「イヴ！」

イヴリンが危ない。

アルヴィンはなんの根拠もなくそう感じて、イヴリンの気配を追う。

いつもなら絶対にできない瞬間移動で、イヴリンが攫《さら》われた場所に辿《たど》りつき、しかしそこに淀みの気配がまったくないことに戸惑った。

「イヴの匂いがする。でも……」

さきほど感じた淀んだ気配はどこにもない。

だがアルヴィンは見つけた。イヴリンが攫われた証拠を。

「これ……」

廊下の絨毯《じゅうたん》に埋もれるように、黒い猫毛が数本。間違いなく、黒猫に姿を変えたときのイヴリンの毛だった。これがイヴリンの気配を感じさせていたのだ。

「間違いない。イヴの毛だ」

黒猫に姿を変えたときの、イヴリンの艶やかな毛並みを思いだして、アルヴィンは呟く。

「イヴ！」

呼んでも、応《いら》えはない。

「イヴ！　応《こた》えて！　イヴ！」

呼び声はむなしく、館の赤い天井にこだまして消えるのみ。

片膝をつき、黒毛を摘《つま》み上げて、そして気づく。

「血……」

絨毯に滴った、数滴の血痕《けっこん》。

滴った血液は、はたしてイヴリンのものなのか。

アルヴィンが手をかざすと、絨毯に染み込んでいたはずの血液が丸く形を成して赤い真珠のようにアルヴィンの手におさまった。

切り取られた命の断片。

イヴリンが、傷つけられた証拠。

この血は間違いなくイヴリンものだ。アルヴィンは確信した。

愛《いと》しい者に血を流させたのは何者なのか。

ゆるせない…と、ぐっと掌《てのひら》を握った瞬間から、ふつふつと、何かがアルヴィンのなかで滾《たぎ》りはじめる。

飾り気のない長衣の胸元を飾る金針石が淡く発光をはじめる。

後ろでひとつに結わえたアルヴィンの黒髪が、ふわり…と舞う。何かのエネルギーにたゆたうように、身体に風をまとったかに、長衣がたなびきはじめる。

「イヴ……」

求める気配を、探し当てる。なぜそんなことができるのかもわからないまま、アルヴィンは一陣の風とともに跳躍した。


どこかへ攫われてきたことはすぐにわかった。

気がついたら、薄暗い館の荒れ果てた部屋の真ん中で、巨大な足長蜘蛛のつくる檻《おり》に閉じ込められていた。

檻の柵《さく》になっている硬質な足に触れれば電撃が走る。

触れずとも、飼い主である淀みの主の命令で、足長蜘蛛は周囲に電撃を放つ。

はたと我に返ったイヴリンが咄嗟に脱出をはかろうとすると、全身を雷に打たれたかのような衝撃が襲った。

「みぎゃ……っ！」

小さな躯が床に沈む。

「く……っ」

美しい毛並みが煤《すす》けて、額の三日月が陰った。

「逃げようなどと考えないことだ。足長蜘蛛の檻は絶対にやぶれん」

上級悪魔であっても難儀するほど、足長蜘蛛の檻を内側から破るのは至難の業だと言われている。

「……いったい何が目的だ？」

自分を攫ってきたりして、なんの目的でこんなことをするのかと問う。

付き合いのない相手とはいえ、兄弟関係にある上級悪魔同士。余計な諍《いさか》いは、悪魔界をも揺るがす大事に発展しかねないというのに、その危険を冒す理由がわからない。いくらアルヴィンが上級悪魔らしからぬといっても、下級悪魔などとは比べようもないはずなのだ。

「おまえには、アレの餌になってもらう」

恨むならアルヴィンを恨めと言われて、イヴリンは青い瞳を瞬いた。

「どうして……」

アルヴィンは、恨まれるような悪魔ではない。悪魔としての自覚がないのではないかと訝るほどお人好しな悪魔だ。そのアルヴィンに、いったいどんな恨みがあるというのだろう。

すると淀みの主は、床に倒れ込むイヴリンを憐《あわれ》むように見やって、そして言った。

「貴様は本当は私に仕える予定だったのだ。それをあの若造が……っ」

吐き出された言葉に、イヴリンは驚きの顔を上げる。

「私は上級悪魔だ。アレなどよりよほどおまえの主にふさわしい。だというのに、大魔王は何を思ったか、約束を反故《ほご》にして、貴様をアレに与えた。一番優秀だと言われたおまえを……っ」

イヴリン自身に固執している口ぶりではなかった。アルヴィンに対しての歪んだ感情の吐け口として、イヴリンが存在しているだけだ。

アルヴィンが上級悪魔の位を授かったことが気に食わないらしい。

だが理由がわからない。なぜ今になってこんな行動に出るのかも不明だ。

「今からでも遅くはないぞ。私に仕えることを許してやろう」

大魔王の命なくして、主を変えることは許されない。

だが、大魔王の命令があったとしても、こんなやつに腰を折るのは御免だ。仕える側にだって、選ぶ権利はある。

「貴様に仕えるくらいなら、大魔王さまの決定に逆らって極刑に処せられたほうが百倍マシだ！　みぎゃ……っ！」

フーッと威嚇を見せたイヴリンに、足長蜘蛛の檻から電撃が飛ぶ。

「……っ」

必死のガードも意味をなさない。足長蜘蛛は罪人を捕らえ置くのにも使われる檻で、大半の力は弾かれてしまうのだ。

それでも懸命に力を振り絞って、イヴリンは柵の隙間から淀みの主を狙って一撃を放った。鋭い爪の一閃《いっせん》が、光の刃となって黒い影に襲う。

だが渾身《こんしん》の攻撃も、ぼろぼろの長衣に新しい綻びを刻んだに過ぎなかった。

だが淀みの主は、カッとした様子で声を荒らげる。

「雑用しか脳のない黒猫族ごときが生意気を……っ！」

再び襲った電撃は、避わすこともガードすることもできなかった。

「……っ！」

とうとうくったりと四肢を投げ出して、イヴリンは床に倒れ込む。

——アルヴィンさま……っ。

アルヴィンに、イヴリンの気配を追えるような力などない。

忽然《こつぜん》と消えたイヴリンを心配しているだろうか。それともデューイと仲良くしているだろうか。口うるさい自分がいなくなったから、人間界の食べ物も食べ放題で、ふたりで仲良くバウムクーヘンを頬ばっているかもしれない。デューイなら、人間界のものも、面白がって口にするだろう。

自分にはできないことだ。黒猫族としてのプライドが邪魔をして、いつもかわいげのない言葉ばかり返していた。

「わざわざ痕跡《こんせき》を残しておいてやったというのに、やはりアレにはおまえを追ってくるだけの能力などないようだな」

まったく大魔王も見る目のない…と、不敬罪に問われかねないことを呟く。

すると、ふいに低い声が響いて、一陣の風が舞った。

「それはどうかな」

長い髪をなびかせて、長身の悪魔が姿を現す。

「クライド…さま……？」

イヴリンは、荒い呼吸下でその名を口にした。アルヴィンの兄、クライドだった。

「これはこれは兄上、お久しぶりです」

淀みの主は、卑屈さと嘲りの混じったような声で、慇懃に腰を折る。だがとうてい、礼を尽くしているとはいいがたい態度だった。

「ずいぶんと様変わりしたことだな、ヘルムート。中級に降格されて、プライドまで捨て去ったか」

憮然《ぶぜん》と紡がれる声には、堕落した一族の者への憐れみ以上に憤りが含まれているように感じられた。

だが、ヘルムートと呼ばれた淀みの主は、クライドの高潔さを嗤《わら》うように卑屈に言う。

「おかげさまで。出来そこないの末弟に爵位を奪われ、それを進言したことで位まで落された弟を憐れんでくださいますか」

歪められた口許が、次に忌々しげに歪んだのは、クライドが軽く払った手から、転がり落ちてきた者の顔を確認してのこと。

イヴリンの見慣れた少年悪魔の姿で、その場に転がされたのはデューイだった。クライドの顔を認めるや、「ひ……っ」と声にならない悲鳴を上げて頭を抱える。

「貴様の差し金だろう？」

途中で見かけたから拾ってきたのだと、クライドはこともなげに言い放った。イヴリンは驚きに目を瞠る。

「へ、ヘルムートさま……」

助けを求めるように、デューイが淀みの主を呼んだ。主に命じられて、アルヴィンの館に入り込んできたということらしい。

だがヘルムートは、仕える者の救いを求める声に応じもせず、それどころか忌々しげな視線を浴びせかける。「使えんやつめ」と吐き捨てられて、デューイは青くなって震えた。

その様子を、嫌なものを見る顔でうかがっていたクライドが、最後通牒《つうちょう》だと忠告を投げる。

「今ならまだ間に合う。それを解放することだ」

それというのは、イヴリンのことだ。

「あれを怒らせないほうがいい。私でも、止められるかどうかわからない」

クライドは、いったい何を言っているのか。ヘルムートも、取り合おうとはしなかった。

「なにをおっしゃいます」

攫われた執事の気配を追ってくることもできないような悪魔など、取るに足りないと嘲り笑う。そんなヘルムートを、クライドこそが憐れむ眼差しで見やった。

「貴様は、大魔王さまがなぜアルヴィンに上級悪魔の位を与え、伯爵位につかせたのか、考えたこともないのだろう。貴様が地位を追われたのは、アルヴィンのせいではなく、その浅はかさのためだ」

切って捨てる言い草に、ヘルムートが顔色を変える。

「なんですと」

そのときだった。

堅強な館を揺るがす、地響きが轟いたのは。

「……っ!? なんだ……っ」

天井のシャンデリアが揺れて、鋭利なクリスタルが床に突き刺さる。建材が落ちてきて、埃《ほこり》を舞いあげた。

不幸中の幸いか、足長蜘蛛のおかげで、イヴリンがそれらをかぶることはなかったが、デューイが悲鳴を上げて頭を抱える。ヘルムートは、何が起こったかわからぬ様子で、あたふたと周囲をうかがった。

「デューイ……！」

イヴリンの悲鳴に似た呼び声に、応じる余裕もデューイにはない様子だった。

クライドは、涼しい顔で怯える下級悪魔を見下ろしている。

またも地響きが轟いて、とうとう館の天井が抜け落ちた。

「ひ……っ」

デューイの悲鳴。

降り注ぐ瓦礫《がれき》を、クライドが凪《な》ぎ払う。

イヴリンは力の入らぬ四肢を動かそうと、懸命にもがいた。

どうにかして足長蜘蛛の使役令も解いてやらなければ、巻き込まれて潰されてしまう。

「な、なにが……っ」

自分をガードするだけで精いっぱいの様子のヘルムートには、使役獣を気遣う様子は微塵《みじん》もうかがえない。

もうもうと舞いあがっていた埃の向こうに目を眇めていたイヴリンは、夜空を大きな影が横切るのを見た。

――……え？

大きな月を背に舞う翼。黄金の閃光が、ヘルムートを襲った。

「ひぃぃ……っ！」

かろうじて逃れたものの、ヘルムートは尻《しり》もちをついてガクガクと震えるのみ。

落ちつきはじめた埃の向こうに、イヴリンは高貴な姿を見た。

「……ドラゴン……」

金の光をまとったドラゴンが、大きな翼を広げて夜空を旋回し、そして舞いおりる。その足が床に着くと同時に、ドラゴンは変化を解いた。

「……そんな……まさか……」

上級悪魔にあるまじき、小さなコウモリにしか変身できなかったはず……と、ヘルムートが目を剝く。イヴリンも、目にした光景を信じられず、青い瞳を見開いた恰好で固まった。

「アルヴィンさま……」

黄金のドラゴンから姿を戻したアルヴィンが、ゆっくりと歩み寄る。

だがその顔は、イヴリンの見慣れたものとはまるで別人のようだった。

揺らめく黒髪と、強い光を宿した金の瞳。

愚か者を睥睨《へいげい》するその眼差しには、冷淡な色があった。

――あれが、アルヴィンさま？

いつもの、やさしいアルヴィンの気配はどこにもない。

金の眼差しが落とされて、その中心に傷ついたイヴリンを捉える。

途端、金の瞳に憤怒の炎が宿った。たゆたうオーラが熱を帯びる。

ゾクリ…と、イヴリンは毛を逆立てた。純粋な恐怖ゆえの反応だ。

自分の傷ついた姿を見て、アルヴィンが怒りを増幅させたのだとしても、その様子が常とあまりにも違いすぎて、にわかにはアルヴィンと信じがたい。

イヴリンの視線の先、上級悪魔の証であるところの大型魔獣の姿から変化を解いた青年悪魔は、その圧倒的な魔力を見せつけるかに悠然と佇《たたず》む。

「アルヴィン…さま……？」

なぜアルヴィンがドラゴンに変身できるのか。それ以前に、いつもとは別人のようなこの姿はいったいなんなのか。

クライドは「今ならまだ間に合う」「あれを怒らせないほうがいい」と、意味深なことを言っていた。

た。

今も、らしからぬアルヴィンの姿を、観察者の目で黙ってうかがうのみで、先の忠告以上に、手も口も出そうとはしない。

クライドは、知っていたのか。アルヴィンの真の姿を？　だから頻繁に、屋敷を訪れていたのか？　だとすればアルヴィンは？　アルヴィン自身は、己の内にこんな力が存在することを、知っていたのだろうか。

アルヴィンの手がスッと上がって、次の瞬間には足長蜘蛛の檻がいずこかへ弾き飛ばされていた。

イヴリンはうずくまった恰好で衝撃波から身を守る。

少し離れた場所で、クライドが目を眇めた。

デューイはもはや言葉も発せない様子でガクガクと震えるばかり。

「イヴを傷つけたのは貴様か」

鼓膜間近で、本来聞こえるはずのない倍音が鳴り響くかに、エコーがかかったかのように、響く低い声。

いつものアルヴィンの明るく甘ったれた声ではなく、たしかにアルヴィンの声だとわかるのに、でも全然違って聞こえる、威厳と畏怖《いふ》を感じさせる声だ。

ヘルムートは、床に尻もちをついた恰好のまま、唖然呆然とアルヴィンを見上げている。その目にはあきらかな恐怖が宿っていた。

「訊いていることに答えろ」

イヴリンを傷つけたのは誰なのかと、なおも問いただす。

空気が怒りに震えて、放電を起こした。破壊された部屋の片隅で、割れた壺《つぼ》がこなごなに砕ける。

放電の一筋がへたり込むデューイの膝先を掠めて、とうとう耐えられなくなったのだろう、少年悪魔は小さな蛇にその姿を変えた。七色の鱗がくすんだ色をしているのは、恐怖のためだろう。

それに気づいたアルヴィンが、イヴリン拉致に協力した蛇蜥蜴族に目を向ける。

「貴様は見ていたのか？」

イヴリンが傷つけられる瞬間を見ていたのかと訊かれて、デューイはますます縮みあがった。

「い……いえ……ボク……」

どういった経緯で契約を交わしたのかは不明だが、ヘルムートに利用されていただけの少年悪魔は、必死の様子で首を横に振る。だが、アルヴィンの怒りは収まらない様子だった。

「自分のしでかしたことの責任はとるのが道理だ。下級悪魔風情が、小生意気に策略を巡らせるからこうなる」

冷然と言い放って、スッと片手を上げる。恐怖に凍りついたデューイはその場を動けない。

——いけない……！

アルヴィンが何をしようとしているのか、気づいたイヴリンは、脊髄《せきずい》反射で行動に出ていた。傷ついた身体で、デューイを庇うように咄嗟に飛びだしていたのだ。

「やめてください……！」

自分の腹の下に隠れてしまいそうなサイズに縮んでしまった小蛇のデューイを咥《くわ》えて跳躍する。

アルヴィンの放った一撃が、デューイが固まっていた床を焼いた。館の地下まで見通せる、大きな穴が開く。

「やめてください。こんな、ひどい……いつものおやさしいアルヴィンさまに戻ってください！」

助けに来た相手に己の行動を否定されたアルヴィンは、不愉快そうに眉根を寄せた。

「主に逆らうか」

アルヴィンの執事になってから流れた時間は、悪魔界の尺度では短いものだけれど、人間界のそれになぞらえれば、ずいぶんと長いものだ。

その間、こんな声で命じられたことも、叱責《しっせき》されたこともなかった。アルヴィンはいつもやさしかった。甘ったれで、イヴリンの手を煩わせてばかりいた。

上級悪魔らしからぬ言動に辟易《へきえき》させられることも多かったけれど、でもそんなアルヴィンとの攻防を、自分はたしかに楽しんでいた。もっと悪魔らしくと諫める一方で、心のどこかでこのままずっと……と願う自分がいた。

「アルヴィンさま……どうしてしまったのですか……そんな……」

たとえ下級悪魔相手でも、悪魔らしからぬ気遣いを忘れない人だったのに……。

「やめなさい、イヴリン。いまのアルヴィンはいつものアルヴィンではない。おまえの言葉はつうじない」

クライドが、言葉を挟んでくる。アルヴィンは、不愉快そうな視線をイヴリンに向けたまま、反応しなかった。

その目には、もはやイヴリンしか映されていないかに見える。それとも、上級悪魔同士、争うことの無意味さがわかっているがゆえに兄の言葉を聞き流したのか。

「どうして……っ」

なぜこんな状況に陥っているのか、わからなくて答えを求める。クライドは、隠すでもなく事の次第を教えてくれた。

「情緒が不安定になっていたところへ、怒りで我を忘れた結果、封印が解けてしまったのだ。大魔王さまの封印が」

そもそもアルヴィンには強大すぎる力を制御するための封印が施されていた。それゆえの悪魔らしからぬ、あの性質だったのだと言う。

「大魔王さまの？　そんなこと、ありえるはずが……」

悪魔界の支配者たる大魔王の施した封印が解かれるなどありえないことだ。天界との大戦争でも起これば別だが、ここ数千年、そんな自体は起きていない。

そしてイヴリンは、はたと気づく。

「情緒不安定って、なにが……」

いったい何がアルヴィンを不安定にさせたのか。まさかデューイが……？

「それは、自分の胸に手をあてて聞いてみることだ」

思いがけないことを言われて、イヴリンは瞳を瞬く。

「私が？」

自分が何をしたというのかと、返そうとしたときだった。

目の前を閃光が走って、館の半分が吹き飛ぶ。

「ぎゃぁぁぁぁ……！」

ヘルムートの淀んだ影が、閃光のなかに溶けて消えた。

かざしていた手を、アルヴィンはまるで何もなかったかに下ろす。その目には、同胞を葬ったことへの躊躇も後悔もうかがえない。

「そんな……」

こんなこと、アルヴィンなら絶対にしない。

小さな魔獣の命すら奪えなくて、だから狩りもできなくて、いつもお腹を空かせて、人間界の甘いお菓子で空腹を満たしていた。なんのエネルギーにもならないというのに。

そんなアルヴィンが、躊躇いもなく、悪魔をその手にかけるなんて……。

そして、あることに気づいたイヴリンは、「まさか……」と呟く。

その嗜好《しこう》すら、アルヴィンのこの力を抑えるための、封印のひとつだったのか？　生命維持のために必要最低限のエネルギーだけを得られるように。無用なエネルギー源を口にしないように。

恐ろしさ以上に悔しさが勝って、イヴリンは冷然たる眼差しを向ける主を仰ぎ見る。

自分が知っていたら、こんな事態など招かなかったのに。我を取り戻したあとで、アルヴィンは悲しむだろう。己のしたことを後悔して、ひどく落ち込むに違いない。

だが今のアルヴィンに、そんなやさしさはない。イヴリンが庇うデューイに刃を向けるのを諦めていない様子で、そこらじゅうで放電を起こしている。

「お願いです。やめてください。これ以上は……」

再三の懇願にも、アルヴィンの表情は動かなかった。それどころか、イヴリンの反抗的な態度に腹を立てたかのように、睥睨する眼差しの鋭さが増す。

自分も殺されるかもしれない。

でも、執事の自分以外に、誰が主を諫められるだろう。

「アルヴィンさま……！」

渾身の力で飛びかかったイヴリンだったが、気づいたときには、ドラゴンに姿を変えて天高く舞い上がったアルヴィンの鈎爪《かぎづめ》に捕らわれていた。

「アルヴィン……！」

クライドの声が遠くなって、イヴリンは意識を遠のける。

――アルヴィンさま……。

目覚めたときには、すべてが元に戻っていないだろうか。

そんな都合のいい考えが、意識を失う寸前に過った。

突風とともに天高く舞い上がったドラゴンの姿を見やって、クライドは「しょうのないやつだ」とため息をついた。

再封印の仕方など、自分も知らない。だが、大魔王がヘルムートのもとへ行くはずだったイヴリンをアルヴィンのもとへ遣わしたのには、なにかしら意味があるのだ。だったら、あとは任せるよりほかない。

「監視者とは名ばかりの、私こそ雑用係ではないか」

ウンザリと言って、硬直したまま動けないでいる小蛇のデューイを摘《つま》み上げたクライドは、小さな蛇を目の高さに上げて、さてどうしたものかと思案した。

「このサイズでは、腹の足しにもならんな」

真っ青になった小蛇は、コチンッと固まって目をまわした。

「一応生きてはいるな」

デューイではなく、遠く彼方に放り捨てられた何番目かの弟のことだ。

意識してのものか無意識なのか——たぶん後者だろうが——アルヴィンはヘルムートの命までは奪っていなかった。虫の息ではあるが、塵《ちり》と消えてはいない。

「蛾《が》でもいいくらいだが、兄弟の血にめんじて鴉あたりにしておくか」

飼いならした足長蜘蛛の鳥籠に放り込んでおけば、もはや悪さをしようとは考えないだろう。いずれ大魔王の処罰が下る。改心する気があるのなら、大魔王の許しを得て使役獣にでもすればいい。

まったく手のかかることだと、いまひとたびの嘆息。一陣の風とともに、クライドは姿を消した。

あとに残ったのは、廃墟《はいきょ》と化した、元上級悪魔の館だけだった。

4

衝撃を感じて、イヴリンは意識を取り戻した。

「ここ…は……」

視線を巡らせて、見慣れた部屋であることに気づく。館の、アルヴィンの寝室だ。天蓋《てんがい》つきの大きなベッドと、華美すぎない調度品、イヴリンが毎日焚《た》きしめている香の香り。

はたと我に返って、自分がまだ猫の姿のままで、一方のアルヴィンが人型に戻っていることに気づく。

だがまとう気配は、まだいつものアルヴィンではない。ヘルムートの館にいたときほどの殺気は感じないまでも、いまも恐ろしいほどのエネルギーを感じる。封印が戻らないのだ。

一度解けた封印は二度と戻らないのだろうか。だとすれば、アルヴィンはずっとこのまま……？

悪魔らしくなくても、アルヴィンらしいやさしい気持ちを忘れたまま？　そんなアルヴィンに、自分はこの先の長い時間、ずっと仕えていけるのか。

アルヴィンの金の瞳が揺らめいて、大きな手が煤けたイヴリンの毛並みを撫でる。すると、傷のひとつひとつが癒《い》えて、毛並みもいつもの艶を取り戻した。

「これ…は……」

これほどの治癒力まで持っているなんて。

アルヴィンの指先が額の三日月に触れて、イヴリンは変化を解く。

だが、ホッと安堵《あんど》したのも束《つか》の間《ま》、起こそうとした上体を、薄い肩を押すことでベッドに倒されて、ギクリ…と痩身を震わせた。身体の自由が奪われていることに気づいたためだ。

「アルヴィン…さま……？」

なにを……？　と、問う声は震えていた。問うまでもないことを、尋ねている自覚があったからだ。

アルヴィンの手が薄い胸にかざされる。何をされるかと身構えた瞬間、高い悲鳴のような音とともに、執事の制服ともいえる黒燕尾が引き裂かれていた。

「……っ！」

見上げた先、アルヴィンが舌舐めずりをする。口から覗いた牙の鋭さが、イヴリンの思考をフリーズさせた。

その牙が、喉元に食らいかかってくる。

「……っ！　やめ……っ！」

牙が白い肌にぷつり…と食い込む。

「ひ……っ！　あ……ぁ……っ」

とうとう狩りの本能が目覚めたのかと、イヴリンは諦念《ていねん》とも歓喜ともつかない気持ちで瞼《まぶた》を落とす。

だが、そうではなかった。

——……え？

首筋に落ちた牙は、息の根を止めるほどに食い込んではこない。引き裂かれた黒燕尾の下に這わされる大きな手。

「アルヴィン…さま？」

再度の確認の意味を込めて名を呼べば、端整な口許が狡猾な笑みを刻んだ。

「絶対に離れられない、契約を結ぼうぞ」

低い声が甘さを滲ませる。

「契…約？」

主従の契約ではなく、それ以上の、という意味か？

正気でないアルヴィンに好きにされるなんて…と思う一方で、身体が熱を上げていくこの矛盾。

強い光を宿す瞳が、イヴリンを射抜く。

炎のように煌めく金の瞳が、自分だけを映している、たったそれだけのことに歓喜する。

肩に縋《すが》ろうとした手をとられ、シーツに縫いつけられる。

「待……っ、や……ぁ、あっ！」

はだけられた白い胸に愛撫《あいぶ》を落とされて、イヴリンは背を撓《しな》らせた。

胸の突起を舐《ねぶ》られ、指にこねられて、全身を震えが襲う。反射的に跳ねる肢体をたやすく押さえ込みながら、アルヴィンは白い肌に嚙《か》みつくように所有の証を刻んでいく。

なんらかの力が影響してのものなのか、それともこれが肉体の素直な反応なのか、なにも知らないイヴリンにはわからない。

けれど肌を這う愛撫の手は心地好く、思考を霞《かす》ませ、息を乱す。

発光するかに白くなめらかな肌に朱印を刻む唇と、感じる場所を探る指先。

のしかかる筋肉の重みが、主に組み敷かれる背徳感をいや増して、思考を冷ますどころか、ますます滞らせて、イヴリンはただ必死に与えられる感覚を追った。

「アルヴ…ィ、ン…さま……っ」

瘦身をくねらせ、押さえ込む腕から逃れようとするかに身を捩《よじ》るのは、真実逃げたいわけではなく、己の肉体の反応を直視できない羞恥《しゅうち》ゆえ。

もっとがむしゃらに抵抗できたなら、仕える立場にありながら、主と主従の枠におさまらない関係を結んでしまったことに対しての罪悪感を軽減できるかもしれないのに、自分はたしかにいま快楽を得て、歓喜に咽《むせ》び啼《な》いている。

アルヴィンの金の瞳が、乱れるイヴリンを観察するかにうかがう。

「や……っ」

そんなに見ないでほしいと顔を背けると、腕を引かれ、身体を引き上げられた。

背中から広い胸に囲われる恰好で自由を奪われ、白い太腿《ふともも》を大きく開かれて、狭間を探られる。

「あ…ぁっ」

直截《ちょくせつ》的な刺激に喘《あえ》ぐと、耳朶《じだ》にクスリと揶揄を孕《はら》んだ笑みが落された。

「ストイックに見せて、その実ずいぶんと敏感な身体だ」

「……っ」

鼓膜を擽る言葉とともに耳朶を食《は》まれて、イヴリンは首を竦ませる。

「ん……ぁ、っ」

アルヴィンの触れる場所から痺《しび》れ薬を注がれたかに身体の自由が効かなくなっていく。

大きな手に前をいじられ、奥を探られる。長い指が割り開いたそこに、未知の熱を植えつけられる。

「あ……ぁっ、痛……っ」

ぐりっと指に穿《うが》たれて、細い腰が跳ねる。

「痛い？　嘘はいけないな。イヴのなかは熱くてやわらかくて、指に絡みついてくる」

厭らしい指摘とともに、肩口に落される唇。やわらかな肌に、軽く歯を立てられる。

「アルヴィン…さま……っ」

白い喉を仰《の》け反《ぞ》らせ、ガクガクと身体を震わせる。濃い欲を焚きつけられるだけの肉体は、頂を見ることができないまま、甘苦しい熱をためていく。

「も……や…ぁっ」

苦しさに頭《かぶり》を振って身悶《みもだ》える。

「お…ね、が……」

何を懇願したいのか、わからぬままに、この苦しさから救ってほしいと、背後の男を仰ぎ見た。

金の瞳が細められて、次いで腹這いにシーツに引き倒される。腰骨を掴まれ、大きな手に双丘を割られた。

「ひ……っ！　あ……ぁっ！」

ズッ！　と脳天まで衝撃が走って、イヴリンはシーツにくずおれる。衝撃に震える痩身を、アルヴィンは容赦なく、一気に最奥《さいおう》まで貫いた。

「あぁ……っ！」

許容量以上のものを捻《ね》じ込まれて、傷ついた肉体が血を流しても、魔力で塞がれ、そのあとには甘美な余韻が残るのみ。

A5判 偶数月9日発売♥
リンクス
SEXY & STYLISH BOY'S LOVE MAGAZINE LYNX
2013 JULY
7
特別定価780
(本体価格743円
発行／幻冬舎コミッ
発売／幻冬舎
好評発売中
表紙／斑目ヒロ
特集
ケダモノ
～狙った獲物は逃がさない～
朝霞月子
「月神の愛でる花」スペシャルショート小説♥
Comic
Opening Color!!「お金がないっ
香坂透 × STORY.篠崎一夜
斑目ヒロ
SHOOWA
琥狗ハヤテ
宝井さき × STORY.桐嶋リッカ
日羽フミコ
霧壬ゆうや
上川きち
梅松町江
日高あすま
中田アキラ
倉橋蝶子
長谷川綾　牛込トラジ
じゃのめ　ひなこ
Novel
待望の新連載!!
大ボリュームの一挙二話掲載！
谷崎泉 × CUT.麻生海
桐嶋リッカ × CUT.カゼキショウ
神楽日夏 × CUT.青井秋

LYNX ROMANCE

LYNX ROMANCE Novels
リンクスロマンス

◎一部のイラストと内容は関係ありません。 新書判 定価：855円＋税
発売／幻冬舎　発行／幻冬舎コミックス

2013年6月末日発売予定

悪魔伯爵と黒猫執事

妃川螢　ill.古澤エノ

悪魔に執事として仕える黒猫族であるイヴリンは、とある悪魔伯爵に仕えている。しかし、その主人・アルヴィン伯爵は、おちこぼれ貴族でとってもヘタレている…。イヴリンは今日もご主人様のお世話にあけくれているのだが、そんなある日、アルヴィンはとある蛇蜥蜴族の青年を拾ってきて…。巻末には描き下ろしショート漫画も収録♥

狼だけどいいですか？

葵居ゆゆ　ill.青井秋

訪日した人狼のアルフレッドは、親を亡くし七匹の犬と一緒に暮らす奈々斗と出会う。奈々斗は、貧しいながらも健気に暮らすお人好しだった。行くあてのなかったアルフレッドは、奈々斗に誘われ、しばらく一緒に住むことになるが、賑やかな暮らしが心地いい一方、いつか別れがくることを思うと、次第に複雑な気持ちになり…。

お兄さんの悩みごと

真先ゆみ　ill.三尾じゅん太

超絶美形なのに中身は至ってフツーな玲音は、親が離婚しそれぞれ別の家庭を持って以来、唯一の家族である弟の綺羅を溺愛していた。そんなある日、玲音は弟にアプローチしてきている蜂谷という男の存在を知る。なんとかして二人を引き離そうとする玲音だが、その様子を見た仕事仲間の志季に「いい加減弟離れして、俺を見ろ」と告白されてしまい!?

リンクスフェア in アニメイト2013
アニメイト限定の新書&コミックス合同フェアを今年も開催！
フェア期間中に対象書籍を1冊お買い上げごとに、人気作品の番外編を掲載したSMカードをいずれか1枚プレゼント♪
特典ラインナップはこちら！
S 小説 カード
朝霞月子
ILL.千川夏味
「月神の愛でる花」
きたざわ尋子
ILL.高宮東
「秘匿の花」
六青みつみ
ILL.葛西リカコ
「奪還の代償～約束の絆～」
霧王ゆうや
ラブ☆ホロスコープ」
香坂透
原作/篠崎一夜
「お金がないっ」
十峰くうや
「ロストチャイルド」
M 漫画 カード
SMカードとは…
表 美麗カラーイラスト
裏 書き下ろしショート小説(S)or漫画(M)
ここでしか読めない、人気作の書き下ろし番外編を掲載!!
開催店舗
全国のアニメイト各店
対象書籍
リンクス7月号
2013年5月刊までのリンクスロマンス
リンクスコレクション
催期間
2013年
月21日(金) ～ 7月21日(日)
フェア詳細は公式HP、またはリンクス7月号にてチェック！
【公式HP】http://www.gentosha-comics.net/

「ひ…ぁっ、あぁ……んんっ！」

悲鳴はやがて甘い喘ぎに変わって、イヴリンは己の思考が白く染まっていくのを感じた。

痛いのに、つらいのに、それを凌駕《りょうが》する深すぎる快楽。

一際深く穿たれて、最奥に注がれる情欲。

「あ…ぁ……っ」

身体の奥深くにアルヴィンの細胞を受け入れて、己の血肉となす、それこそがふたりの間に新たに結ばれる契約となる。

結合が解かれ、くったりと力をなくした身体を、今度は仰臥《ぎょうが》させられる。己の情欲を受けとめた場所を確認するかに、アルヴィンはイヴリンの白い太腿を開き、蕩《とろ》けた場所に舌を這わせてきた。

「……っ!?　う…そ……、や……っ」

反射的に抗《あらが》う言葉が口をついたものの、敏感になった場所をねぶられて、イヴリンは痩身を撓らせ、白い喉から悲鳴にも近い嬌声《きょうせい》を迸《ほとばし》らせる。

「ふ……ぁっ、あ…ぁんんっ！　――……っ！」

ビクビクと細腰が跳ねて、触れられることなく、欲望が弾けた。白い腹を汚した白濁が胸まで飛んで、喜悦に犯された美貌を飾る。

情欲に汚れたイヴリンを、アルヴィンは満足げに見おろしている。

そのアルヴィンに、イヴリンは自ら手を伸ばした。

力の入らぬ腕で、それでも懸命に主の首を抱き寄せ、ひしと縋る。

今自分を抱くのが、アルヴィンであってアルヴィンでなかったとしても、正気でなかったとしても、
でも自分は、自らの意思でこうしているのだと、せめてもの意思表示をしておきたかった。

「アルヴィンさま……」

広い背を掻《か》き抱き、長い髪に指を絡める。

髪を解いて、その滑らかさを堪能《たんのう》する。毎朝イヴリンがブラシを入れて、整えている美しい黒髪だ。

「イヴ……」

甘く響く呼び声。やっと与えられた口づけは、深く情熱的に貪《むさぼ》って、イヴリンは歓喜に震えた。

「ん……ぁっ、……んんっ」

口づけに興じながら、アルヴィンはイヴリンの腰を引き寄せ、狭間を押し開く。

じわじわと埋め込まれる熱塊が、イヴリンの白い肌を欲情に染め、淫《みだ》らな声を誘いだした。

「アルヴィンさま……も…っと……ひ…ぁっ、あぁ……っ！」

いまひとたびの放埓《ほうらつ》。くったりと力の抜けた身体を広い胸に引き上げられ、今度は下から穿たれる。

「ん……」

もう無理…と、訴える声はしかし、吐息にしかならなかった。

喘ぐ声すら枯れて、指一本動かせなくなるまで、何度も何度も抱かれた。

契約の証を最奥に注がれ、二度と消えぬ烙印《らくいん》を刻まれて、イヴリンは歓喜のなか、意識を混濁させる。

アルヴィンは最後まで封印の解かれたままのアルヴィンだったけれど、包み込む温かさはかわらない。いつもの、やさしいアルヴィンのものと同じに感じられた。


自分が見たものは、やはり幻だったのかもしれない。

ベッドの上でブランケットを頭までかぶった状態で、イヴリンはため息をつく。

あれほどの強気な態度に出たあとで、これはないだろうと思うのだが、見慣れた光景だと思えば、さもありなんといったところか。

一晩中抱かれつづけた肉体が悲鳴を上げた結果、ベッドから起き上がれないでいるイヴリンの傍ら、目覚めたときからずっと、しくしくしくしくと、結構うっとうしい啜《すす》り泣きが聞こえている。

「ごめんなさい、イヴ、お願いだから顔見せて」

すっかりいつもの悪魔らしからぬ姿に戻ったアルヴィンが、肩を落として泣いているのだ。

いわく、「ごめんなさい」「もうしません」「お願い見捨てないで！」

ブランケットを頭までかぶった恰好のまま、無反応を決め込んで顔を出さないイヴリンも悪いのだが、それは単純に恥ずかしいだけのことで、アルヴィンのしでかしたことを怒っているわけではない。

いったいどうやって封印が戻ったのかはわからないが、封印が解けていた間の記憶はちゃんとあるようで、どうしてあんなことをしてしまったのかと、アルヴィンはひとしきり首を傾げて反省を繰り返している。

封印の存在すら、当人は気づいていない様子だ。イヴリンを攫われて冷静さをなくした自覚はあるようだが、それだけ。己が強大な力を秘めていることも、ちゃんと理解しているとは思えない。

もしかしたら、クライドがあのあと何か手を打ったのかもしれないが、それについては、自分が言及することではないと理解して、イヴリンは何も言わないことにした。必要ならクライドが話すだろうし、そうでなければ、ヘルムートへの処罰の問題とともに、大魔王さまからの召喚がかかるだろう。

「イヴ、怒ってる？　怒ってるよね？」

すんすんと鼻を啜りながら、甘えた声でアルヴィンが言う。

「俺、ずっとイヴにああいうことしたかったんだ。イヴも僕のこと好きになってくれたら嬉しいって思ってた。でも、あんなふうに、強引にするつもりはなかったんだ」

だから怒らないで…と、あの高貴なドラゴンの姿が嘘のように、アルヴィンはしくしくと泣きつづける。

傲慢《ごうまん》な声でいやらしい言葉を囁きながら、荒っぽくイヴリンを抱いた悪魔は、やっぱり別人だったに違いないと、思わなくてはやっていられない気分になる。

「イヴの淹れてくれたお茶じゃないと、バウムクーヘンもおいしくないんだ。イヴがしてくれないと、髪も上手く結えないし、館のことは何もできないし、僕、どうしていいかわからないよ」

だからお願いだから、顔を見せて、とブランケットの上からそっとイヴリンの肩を揺すった。

「……」

もうホントに、ため息しか出ない。

「イヴ？」

やっぱりダメ？　怒ってる？　と、力のない声が聞こえて、イヴリンはブランケットのなかでいまひとつ盛大なため息をつく。そして、渋々顔をつくって、ブランケットから顔を出した。

本当はまだ恥ずかしかったけれど、でもこの状態のアルヴィンを放っておけるほど、イヴリンはサド気質ではなかったのだ。

「イヴ……っ」

ぱぁっと顔を綻ばせたアルヴィンが、ベッドに乗り上げるようにして身を乗り出してくる。本人の申告どおり、上手く結えていない髪は乱れているし、泣き腫らした目は真っ赤だ。一晩中啼かされたのは、こちらのはずなのに。

本当は抱きつきたいのに、それを必死に我慢している。

その様子がわかって、イヴリンはまたも長嘆を零した。

主なのだから、もっと堂々としていればいいのだ。昨夜のことだって、最終的にイヴリンは受け入れたのだから、謝る必要などないというのに、何も言う前に「怒ってるよね？」などと訊かれてしまっては、言葉の返しようがないではないか。

熱い頬を宥《なだ》めすかし、顔を上げる。視線の先には、イヴリンのよく知るアルヴィンの、悪魔らしくないお人好しを絵にかいたような好青年の顔があった。

その顔が、いまにも泣きそうに歪んでいる。せっかく整った相貌をしているというのに、これでは台無しだ。

イヴリンはひとつ息をついて、アルヴィンに手を伸ばした。ベッドサイドに膝をついた恰好で、アルヴィンはイヴリンの白い手をとる。

「あなたは伯爵位を持つ上級悪魔なのですよ。もっとしゃんとしてください」

なさけない顔を曝すのは、自分の前だけにしてもらわなくては困る。

「イヴ、どこへもいかない？　僕を見捨てない？」

昨夜、あんなに熱く契約の情交をかわしたというのに、いくらなんでもこれはひどい。

ちょっぴりふてくされた気持ちで、イヴリンは「さあ、どうでしょう」とそっぽを向いた。

アルヴィンの顔がみるみる青褪《あおざ》める。

そしてまた、瞳に涙を滲ませはじめて、イヴリンが折れるよりなくなった。

「見捨てたりしません」

だから、そんな情けない顔をしないでくださいと微笑むと、アルヴィンの頬が赤らむ。

「ホント？　本当にホント？」

「私がこれまでに、嘘など申し上げましたか？」

そう尋ねると、アルヴィンはぶんぶんと首を横に振った。

「イヴ」

イヴリンの手をぎゅっと握って、額にいただくように瞳を閉じる。

「ありがとう、イヴリン。ずっとずっと一緒にいようね」

そんな、永遠の誓いの言葉を、軽い口調で言う。

トクリ…と跳ねた心臓を押さえて、イヴリンはもう一方の手もアルヴィンの頬に伸ばした。

今朝は自分でやったのだろう、上手く結えなかった黒髪が一筋二筋落ちかかるのを梳《す》いてやって、
そして両腕でアルヴィンの頭を抱き寄せた。

「イヴ？」

どうしたの？　と問う、まるで色事には無縁そうな黒い瞳。けれどその奥に、危険な光を宿していることを、イヴリンは知ってしまった。

危険に触れる高揚感はある。その一方で、今腕のなかにいる、やさしい悪魔が、やはり自分は好きなのだなぁ…と、イヴリンは感じた。

「アルヴィンさま」

「なに？　身体つらい？　それともやっぱり怒ってる？」

疑り深いその様子にクスリ…と笑って、イヴリンは黒髪に滑らせた手に軽く力を入れた。

鼻先を突き合わせて、そして請う。

「キスをください。それが、契約の証です」

イヴリンが、アルヴィンだけのものである証。ずっとずっと、悪魔界の長い時間をも、ともにあろうとする誓い。

「イヴ、大好きだよ」

甘ったれた告白の言葉とともに、唇を塞がれる。

キスだけでは足りないと、ブランケットの上から体重をのせられて、犬型魔獣に甘えられているかのようなくすぐったさに、イヴリンはクスクスと笑いを零した。

拗ねたようにへの字に結ばれた唇に、甘ったるいキスを、今度は自分から。

軽く立ったリップ音に、アルヴィンはこれ以上は無理というほどに目を見開いて、そして感極まった様子で、ぎゅうぎゅうとしがみついてくる。

「ちょ……っ、苦しいですっ」

イヴリンが音を上げてやっと、拘束は抱擁に変わって、今度はしっとりと唇が重ねられた。

エピローグ

悪魔らしい食事のできない主のために、イヴリンは人間界の食べ物を真似て、今日もせっせと料理に励む。

これ以上やっては甘やかしすぎだと思いつつも、とうとうバウムクーヘンづくりにまで手を出してしまった。

くるくるとまわる軸に生地をたらして層をかたち造っていく。

甘い香りがパントリーに充満して、イヴリンは満足げに焼き上がりを確認した。

「うん、綺麗な層になってる」

我ながら上出来だ。

焼き立てのバウムクーヘンを冷ましている間に、お茶を淹れてしまおう。

「コンロに火をくべてください」

そう言うと、イヴリンの胸ポケットから、小さくてにょろっとしたものが顔を出した。

小蛇に変化したまま、人型をとれなくなってしまったデューイだ。

あのときイヴリンに助けられたためか、気づけばデューイはすっかりイヴリンの信者になっていた。

クライドに拾われたあと、大魔王さまの処罰を受けたものの、温情としてイヴリンあずかりになったのだ。イヴリンのもとでいい子にしていれば、そのうちまた人型がとれる下級悪魔に戻れる日がくるだろう。

そして目下の主たる役目といえば、小さな口から火を噴く習性を活かしての、マッチがわり。ぴょんっとテーブルに飛び降りたデューイは、コンロの前に跳ねていく。

「はぁい。火をつけまぁす」

当初の甘ったたれた話し方はそのままに、それでもいそいそと火を噴きに行く。果たしてデューイの働きで、紅茶を淹れるためのポットの湯が湧《わ》きはじめた。

「ありがとう」

礼を言うと、小蛇は目をハートにしてもじもじ……。アルヴィンに言い寄ったのは契約によってしかたなくしたことで、最終的にイヴリンの方に懐いてしまった。

そんなデューイの首にかわいらしく赤いリボンを結んで、イヴリンは肩にのせたり、胸ポケットに入れたり、手首に巻きつけてみたりして、ペットとして連れ歩いている。

それが面白くないのがアルヴィンだ。

イヴリンがデューイをひきとってからというもの、それまで以上にパントリーに居座るようになった。

「イヴ！」

ただいま！　と、今日も今日とて、コウモリ姿のアルヴィンが、アーチ窓からとびこんできて、イヴリンの顔にべったりと抱きつく。イヴリンも慣れたもので、べりっと引きはがして、小さなコウモリを顔の高さに掲げた。

「アルヴィンさま……」

何度言ったら、飛びついてくるのをやめるのか。

「へへ……」

かわいい子ぶったってダメだ。

「バウムクーヘンを焼いてみたんです」

酷薄鳥《こくはくちょう》の卵と冥界山羊のミルクをつかって、人間界の有名店にも負けない味に仕上がっているはずだ。

あとは切り株のような輪切りにするだけだし、お茶の準備も整っている。

「でも、言いつけを守ってくださらないのなら、おあずけですよ」

貴族らしくふるまうこと。外から帰ってくるときは、使用人の部屋であるパントリーではなく、ちゃんと自室に降り立つこと。食べたいものを食べればいいけれど、でもイヴリンの出すものは文句を言わず食べること。

アルヴィンの封印の問題もあって、イヴリンはアルヴィンが口にする悪魔界の食べ物の量を調整するお役目を、大魔王さまから密《ひそ》かに賜った。

まったく食べなくても弱ってしまうし、狩りなどしようものなら、アルヴィンの制御不可能なほどの力が解放されて、悪魔界は大変なことになる。

詳細の説明をしてくれたのは、あのあと様子を見に訪ねてきたクライドだった。

「イヴの手づくり!?」

イヴリンの気遣いなど知らぬとばかり、ぽんっ！　と変化を解いたアルヴィンは、やったぁ！　と手を上げて、子どものように大喜びする。

そんな様子を見ていたら、もう何も言う気がなくなって、イヴリンは「お部屋にお茶の用意をしますから」と、アルヴィンを促した。

「お部屋でお待ちください」

そして、火の様子を見て戻ってきたデューイを掌に受けて、肩にのせた。言いつけを果たせたデューイが自慢げなのとは対照的に、アルヴィンはむっつりと口をへの字に結ぶ。

「アルヴィンさま？」

そして、濡《ぬ》れ衣《ぎぬ》でしかないことを言い出した。

「デューイばっかりかわいがってる」

むすっと吐き捨てる、それは子どもの癇癪《かんしゃく》でしかないが、その口調の奥に、わずかな艶も見え隠れする。

あれっきり、ふたりは肌を合わせていないのだ。

アルヴィンは反省した手前自分から手を伸ばせないし、イヴリンには立場がある。

強引に出られれば、はねのけられるのに、甘えられると振り払えない。イヴリンの気質がわかっていてしているのではないかと疑ってしまいそうになるが、アルヴィンに限っては、そんな計算などあろうはずもない。計算があったほうがまだマシだ。天然だからこそ手に負えないのだから。

椅子に座った恰好で、下からじいいっと見上げてくる。黒い瞳には濃い甘えが滲む。

熱くなった頬を隠すように、イヴリンはふいっと顔を背けた。背後のアルヴィンが焦る気配を見せる。

「イヴ？」

怒らせただろうかと、慌てる呼び声。だからもう、何度も言ったのに！

「私はあなたのものなのです。お好きになさったらいいでしょう？」

そう早口に返すと、思いがけない言葉が返された。

「でもそれは、僕のしたいことであって、イヴリンの望みじゃないでしょう？」

手のかかる馬鹿《ばか》な子どもを、どうして放り出してしまえないのか。子どもは察することをしないから、だから困る。

やっぱり絶対に、封印が解けたあとのアルヴィンと、今目の前にいるアルヴィンは別人だ。絶対にそうに違いない。そういうことにしておこう。

「嫌だったら、はじめから契約に応じたりなどいたしませんっ」

身体が受け入れたのは、心が受け入れたからだ。力でねじ伏せられたからではない。なぜこんな恥ずかしいことを言わなくてはならないのか。

背後から、歓喜の感情が伝わる。

「イヴ」

するり…と、リーチの長い腕が腰にまわされて、背中から抱き寄せられた。チュッと耳朶で甘い音が立つ。

興味津々と頭を擡《もた》げるデューイにハウスを言い渡して、胸ポケットにおさめる。そうして、主の胸に体重をあずけた。

「大好きだよ、イヴ」

甘ったれた声と、うらはらに情熱的なキス。

思考が白く染まる寸前、イヴリンは焼き立てのバウムクーヘンの、時間を止めておくことも忘れなかった。

マタタビの誘惑
—イヴリン編—

1

広い広い悪魔界。

真っ赤な月が浮かぶ藍色《あいいろ》の夜空を、ぱたぱたと羽音を立ててコウモリが飛ぶ。

貴族と呼ばれる上級悪魔の館の証《あかし》である高い塔に吸い込まれるように消えた一羽のコウモリは、館内に飛び込むなり、ぽんっ！　と変化を解いて人型をとった。そして、持ち帰った戦果に満面の笑みを浮かべる。

その視線の先には、長い長いダイニングテーブルの上、山と積まれた小箱。甘い甘い匂《にお》いが漂ってくる。

「ずっと食べたかったんだ、このお店のバウムクーヘン！」

人間界から持ち帰った山積みの菓子の箱を見上げて、アルヴィンはうっとりと目を細めた。

伯爵位を持つ上級悪魔にあるまじき。人間界に降り立って、狩りをするでもなく、今日も今日とて魔力の足しにもならない甘い菓子を山と持ち帰ってくる。

主《あるじ》の帰宅に気づいて出迎えに現れた執事のイヴリンは、菓子の小箱に頬《ほお》ずりせんばかりになっている主の姿を見て、深い深いため息をついた。

「アルヴィンさま」

愛する執事の低い声に、バウムクーヘンの山に夢中になっていたアルヴィンが、ビクリ！　と肩を揺らし、我に返る。そして、恐る恐る…と行った様子で声の主を振り返った。

「イ、イヴ、ただい…ま」

悪魔界広しといえども、執事相手にたらり…と冷や汗をたらし頬を引き攣《つ》らせる上級悪魔など、アルヴィンしかいない。

主の貴族らしからぬ反応に胸中で長嘆を零《こぼ》しながらも、イヴリンは「おかえりなさいませ」と腰を折る。

そして、高い高い天井に着くかと思われる勢いでダイニングテーブルに積み上げられたバウムクーヘンの小箱の山を見上げた。

「また人間界に降りてらっしゃったのですね」

「え、えっと……」

バウムクーヘンの小箱の山を消して、イヴリンの記憶をちょいっと操作すればすむだけの話なのに……それ以前に、主が執事にビクビクする必要などないはずなのに、アルヴィンは「へへ……」と誤《ご》魔化《まか》すように笑って、バウムクーヘンの箱の山をイヴリンの視界から隠すように前に立った。

「このお店の、すっごくおいしいんだって！　イヴリンも一緒に……」

ひと箱をとってイヴリンに差し出しながら邪気のない笑みを向ける。

「私《わたし》は結構です。お茶をお持ちしますので、お座りになってお待ちください」

アルヴィンの手元にチラリと視線を落とすこともなく、それだけ言って一礼を残し、イヴリンは部屋を出て行った。

「えっと……」

絶対に叱《しか》られると思ったのに肩透かしを食ったアルヴィンは、きょとり…と目を丸め、それを見送る。

「イヴ？」

あれ？　と首を傾《かし》げるアルヴィンの肩に、ぴょこり！　と顔を出す、赤いリボンをした小蛇。小さな口がくわっと大きく開いて、ボッ！　と炎を吐く。

「わっ！　デューイ!?」

いつの間にイヴリンの胸ポケットからアルヴィンの肩に移っていたのか、いまやすっかりイヴリンのペットと化したデューイが、あろうことか主に火を噴いた。

「アルヴィンさまのニブチン！　イヴリンにきらわれちゃえばいいよ！」

そんな捨てゼリフを残して、デューイはぴょんっとアルヴィンの肩を飛び降りると、ぴょこぴょこと跳ねて、イヴリンを追うように部屋を出て行った。

炎の攻撃はかろうじて防御したものの、デューイに言われてようやくイヴリンのつれない態度の意味を理解したアルヴィンは、途端青くなってイヴリンを追いかける。

「イヴ！　待って！」

ぽんっ！　と小さなコウモリの姿に変化して、塔のアーチ窓を飛び出し、パントリーへ。

「イヴリン！」

「わ…ぁっ！」

広げた羽根でイヴリンの顔に飛びついて、小さな頭をすりすりとすり寄せる。飛びつかれたイヴリンは勢いに負けて尻《しり》もちをついた。

「イヴリン、ごめんね、怒らないで」

「ア、アルヴィンさまっ!?」

ぽんっ！　と変化を解いたアルヴィンが、イヴリンにぎゅうぎゅうと抱きつく。イヴリンはされるがままになっているよりない。

「イヴのご飯が一番おいしいんだよ。でも人間界で見た雑誌に載ってたあのお店のバウムクーヘンの写真がそれはそれはおいしそうで、どうしても忘れられなくて、食べてみたくて、そうしたら我慢できなくなって、つい……」

語尾が尻切れなのは、イヴリンから反応がないからだ。

「イヴ……」

そっと腕の拘束を解いて、上目遣いに愛《いと》しい執事の顔をうかがう。イヴリンはそっぽを向いて、アルヴィンと目を合わそうとしない。

「怒ってる？」

「怒ってません」

「……怒ってる」

「怒ってません！」

アルヴィンの拗《す》ねた物言いに、イヴリンが思わずといった様子で顔を向ける。アルヴィンと視線がかち合って、イヴリンは弾《はじ》かれたように顔を伏せた。

「イヴ、大好き」

「……知りません」

イヴリンがつれなく返しても、アルヴィンはニコニコと嬉《うれ》しそうにすり寄ってくる。主従の関係を逸脱した接触に慣れないイヴリンは、存外と逞《たくま》しいアルヴィンの胸を軽く押しやった。

「お放しください。まだ仕事が――」

「お茶はあとでいいよ。ねぇ、イヴ」

甘えた声が耳朶《じだ》を擽《くすぐ》る。

吐息が頬《ほお》を撫《な》で、金の瞳《ひとみ》が間近に迫る。

「アルヴィンさま……」

見据える瞳の美しさに誘われるように、とろり…と瞼《まぶた》が落ちかかる。

そのタイミングで、アルヴィンの横っ面に、ぼふっ！ と炎が襲った。

「あちちっ！」

イヴリンの肩にのったデューイが、またもアルヴィンに向けて火を噴いたのだ。

「デューイ⁉」

イヴリンの肩で、小蛇のデューイが自慢げに胸を反らす。自分こそがイヴリンのナイトだと言わんばかりだ。

「デューイ！ なんてことを……っ」

イヴリンに叱られたデューイは、あっという間に燕尾《えんび》服の胸ポケットに隠れてしまった。最近はここが彼の定位置になりつつある。

「大丈夫ですか⁉ アルヴィンさま⁉」

ちりちりと焦げくさい匂いを放つ黒髪にイヴリンが手を添えると、それは時間を巻き戻すかに艶《つや》を取り戻す。黒猫族の持つ高い治癒能力のためだ。

「申し訳ありません。デューイにはよく言い聞かせておきますので、どうかご容赦を」

恐縮するイヴリンを制して、アルヴィンは「ヤキモチ妬《や》かれちゃったかな」と笑った。すっかりイヴリンに懐いたデューイは、常にイヴリンの味方で、アルヴィンがイヴリンを困らせても、イヴリンがアルヴィンにかまけても、ヤキモチを妬いて今のような悪戯《いたずら》をするのだ。

「ちゃんと手当をいたしましょう。こちらへ」

主の健康管理も執事の仕事だ。そのために、貴族に仕えることを生業とする黒猫族には、高い治癒能力が備わっているのだ。

だが、イヴリンが差し伸べた手をとったアルヴィンは、身体《からだ》を起こすかわりにイヴリンの白い手を強く引いた。

「イヴ」

「はい、……っ！」

ふいのことに、イヴリンはアルヴィンの胸に倒れ込んでしまう。やさしい金の瞳に見つめられて、イヴリンは誘われるままに瞼を伏せた。

「……んっ」

やさしいキスがもたらされる。

主の目覚めを促す毎朝の日課に、おはようのキスがプラスされるようになってしばらく、ようやくそれが習慣化してきたところだったのに、今朝イヴリンがアルヴィンを起こしに行くとベッドは空だった。

思いつき即実行！　とばかりに人間界に降りたのだとすぐに気づいたものの、なんとなく物足りないというか肩透かしというか……それもあってイヴリンは、朝から少し不機嫌だったのだ。

でも、こうして触れ合ってしまえば、そんな気持ちは瞬く間に霧散して、このちょっと手のかかる主のためならなんだってしてやりたい気持ちにさせられてしまうのだ。

アルヴィンに抱きしめられた恰好《かっこう》で、イヴリンは白い手をアルヴィンの頬に滑らせた。淡い発光とともに、火傷《やけど》の痕《あと》がみるみる消える。

「もう痛くないや」

イヴはすごいね…と、アルヴィンが嬉しそうに言う。

「デューイの炎程度、完璧《かんぺき》に防げなくてどうなさいます」

そうは言いながらも、イヴリンはデューイにやられてみせる、やさしいアルヴィンが好きなのだ。

「イヴのお茶が飲みたいな」

淡いキスを繰り返しながら、アルヴィンが甘える。

じゃれつくキスを甘んじて受け取りつつ、イヴリンは「すぐにお淹《い》れします」と応じた。

「でも、そのままに……」

アルヴィンの唇が、耳朶を擽るように触れる。悪戯な手が、燕尾服の上から痩身《そうしん》を撫でる。

ダメ？　と金の瞳にねだられて、イヴリンは白い頬を染めた。

「私はあなたの執事なのですよ。どうぞお命じくださいませ」

羞恥《しゅうち》に駆られるまま、イヴリンはそっけなく返した。自分にうかがいを立てる必要などないのだ、と。それを聞いたアルヴィンは、眉間《みけん》に皺《しわ》を刻んで首を振る。

「そんなのダメだよ。イヴが嫌がることは――」

「ですから！」

つづく言葉をイヴリンが制しても、アルヴィンはきょとりと見上げてくるばかり。

執事のイヴリンに、自分から甘えることなどできるはずがない。アルヴィンが命じてくれたほうが楽なのに、アルヴィンはわざわざイヴリンの意思確認をする。それがどれほど恥ずかしいことか、わからないのだろうか。

「〜〜〜〜〜っ」

素直になりきれないイヴリンは、胸中に渦巻くあらん限りの文句を口にすることがかなわず、わからないのなら！　と腰を上げた。

「お茶をお持ちします。どうぞお部屋でお待ちください」

アルヴィンが驚いた顔で前にまわり込んでくる。

「イヴ？　なんで？　なんでまた怒ってるの？」

「怒ってません！」

つんっと返せば、アルヴィンの整った容貌《ようぼう》が、情けなくもゆがんだ。

「イヴ～～～～～っ」

ぎゅむむっと抱きつかれて、イヴリンは窒息しそうになった。

「アルヴィンさま！」

宥《なだ》めるようにイヴリンが背を叩《たた》いても、拘束はゆるまない。

「怒らないで、嫌わないで、見捨てないで～～～～～っ」

上級悪魔にあるまじき叫びに、イヴリンの身体から力が抜ける。

「もうっ」

しょうがないな…と嘆息して、そしてアルヴィンの頬に手をやった。

「イヴ……」

「怒ってますけど、見捨てたりしません」

アルヴィンの瞳がうるるっと潤む。

前半分しか聞いてないな…と、いまひとたびの長嘆とともに、イヴリンは思っていることを口にした。察してくれといっても、アルヴィンには無理なのだから、こちらが諦《あきら》めるよりない。

「恥ずかしいんです。わかってください。だから……」

早口にまくしたてる言葉が終わらぬうちに、アルヴィンの表情がパァアッと綻《ほころ》び、今度はキスの雨に襲われる。

「アルヴィンさま……やめ……っ、……んんっ！」

力強く抱きすくめられ、気づけばアルヴィンの寝室に移動していた。天蓋《てんがい》つきのベッドに横たえられて、イヴリンは若い主を見上げる。

「あ……んっ」

イヴリンが甘い吐息を零すのを、アルヴィンが嬉しそうに見ている。金の瞳にほんの一瞬、獣の光が過《よぎ》る。けれど平素のアルヴィンがそれを露《あら》わにすることはない。

「イヴ、愛してるよ」

アルヴィンの抱擁はあくまでもやさしく、温かなエネルギーでイヴリンを包み込む。

子どものように純粋で、愛情深い。悪魔にも情はある。仲間や伴侶《はんりょ》を愛する気持ちを持っている。その感情が強すぎるから、ときおり人間界にまで影響を及ぼしてしまい、ときには天界とことを構えることにもなりかねないのだ。

「アルヴィンさま……」

「イヴ……イヴ……」

名を呼び合いながら、抱擁を深めていく。

そのころ、パントリーに残されたデューイはというと、石窯《いしがま》に住む蜷局《とぐろ》サラマンダーから、もっと大きな炎の吹き方講座を受けながら、いつかイヴリンを我が手にと、何億年かかるか知れない計画に夢膨らませていたのだった。


アルヴィンの館《やかた》の周囲には、珍しい植物が多く生えている。

広い広い悪魔界の辺境であることもあって、館の周辺には怪魚の棲《す》む美しい紫水晶の小川や透明な光を放つクリスタルの森、魔界花が咲き乱れる平原にはかわいい以外になんの役にもたたない羽根兎《うさぎ》の群れが暮らし、さほど害のない小型魔獣も多く生息している。

そんな環境だから、魔界の植物たちも生殖力旺盛《おうせい》なのだろうか、頻繁に新種の魔界植物が生まれ、そのたびイヴリンは大魔王さまに提出する書類作成に追われている。

書類の最後にサインを入れるのは館の主であるアルヴィンの仕事だが、そこに至る雑務のすべて、主の手を煩わせることなく館のすべてを取り仕切るのが執事の役目だ。とりわけ有能な黒猫族のイヴリンは、なんでも完璧に整えてしまう。

珍しい花が咲いていたらイヴリンに摘んで帰ろうと決めて、アルヴィンは散策に出た。

まずはコウモリに変化して、クリスタルの森へ。

館周辺とはいっても、地の果てがどこにあるともしれない悪魔界の辺境だ。領地の概念などほぼないと言っていい。だいたい見渡せるあたりが貴族位を持つ自分が責任を負うべき一帯だと、伯爵位を授与されたときに大魔王さまからお言葉を賜っただけで、実際の線引きなど知るよしもない。そもそも悪魔界には、人間界のような概念はないのだ。

だから、自分以外の悪魔の気配を感じない限り、それは自分の住まう場所、ということになる。つまりは上級悪魔として責任を追わなければならない、ということだ。

平原に咲き乱れる魔界花も可憐《かれん》だけれど、クリスタルの森に咲く吸血百合《ゆり》や結晶薔薇《ばら》のほうがイヴリンの美貌に似合いだとアルヴィンは思う。

昨夜ちょっと無理をさせてしまったから、今日は執事の仕事をしなくてもいいように、眠りの魔法をかけて自分のベッドに寝かせてきた。

ずっと抱きしめていたかったのだけれど、そうすると寝ているイヴリンにすら無体を強いてしまいそうで、いけないと思い、館を出てきたのだ。

本当は一日中でもイヴリンを抱きしめていたいのだけれど、そうするとイヴリンは執事の仕事ができなくなってしまう。使役獣にやらせればいいのだが、真面目《まじめ》なイヴリンは監督責任があるからといって取り合わない。それに、イヴリンが命じない限り使役獣は働かないから、完全放置というわけにはいかないのだ。

自分にもっと力があったら、イヴリンになんの心配もさせることなく、ずーっとイチャイチャしていられるのかなぁ……と、考えたりもするのだけれど、自分には兄上のようなパワーも威厳もないし……と、己の真の姿を知らないアルヴィンはため息をつく。

公爵位を持つ兄クライドすら凌《しの》ぐかもしれないほどの魔力を持ちながら、それをコントロールできないばかりに大魔王による封印を施されているアルヴィンは、なぜ自分が上級悪魔なのかといまだに首を傾げている。

伯爵位を与えられたからこそイヴリンを執事にできたのだし、常に一緒にいられるのは嬉しいのだけれど、どうしても不安になってしまうのだ。

イブリンほど優秀な黒猫族なら、いくらでももっと高位で力の強い貴族に仕えることができただろうに、と……。

考えても詮《せん》無いことなのだけれど、イヴリンへのお土産の花を探しながら、アルヴィンはどんどん落ち込んでしまい、コウモリの羽根をはばたくことも忘れてしまった。

「……！　わぁっ！」

羽ばたかなければ、飛べるわけがない。

「いったたた……」

落ちた拍子に、人型に戻ってしまった。

落ちた先は、クリスタルの森の入り口で、下草がクッションになったとはいえ、アルヴィンはしたたかに後頭部を打ちつけて呻《うめ》く。

どうしてこういうときに魔力を使わないのかと、イヴリンがいたら叱られるのだろうが、それがうまくいかないのがアルヴィンだった。

アルヴィンの強大な魔力を抑えるための封印の弊害だ。

だがそれを知るのは、大魔王のほかには兄悪魔のクライドと、執事のイヴリンのみで、とうのアルヴィンは自分ができそこないだからだと思っている。

「ようやく最近、ちゃんとコウモリに変化できるようになってきたのになぁ……」

たんこぶになった後頭部をさすりさすり、アルヴィンは腰を上げ、長衣についた草を払う。

たんこぶ程度、自分でも治せなくはないのだけれど、イヴリンに治してほしいばっかりに、そのままにすることにした。ちょっとズキズキするけれど、イヴリンがやさしく撫でてくれるのを想像すれば、我慢もできる。

紫水晶の小川のほとりに足を向けようか、このままクリスタルの森に分け入ろうかと考えながら周囲を見渡して、アルヴィンはそれに気づいた。

「なんだろ、あれ」

クリスタルの森の入り口から少し外れた場所で、見たことのない植物が大きな葉を広げていた。

そこら一帯だけ、茂る植物の系統が違う。人間界で言うと、湿度の高い南国の森のような雰囲気だ。

だが極彩色に混じる闇《やみ》色が、ここが人間界ではないことを教える。たわわに実る果実も巨大で、長い蔓《つる》は鞭《むち》のように撓《しな》り、大きな葉と実を揺らす。

「すごいや……」

蔓性の植物であることは間違いないようだが、アルヴィンは見たことがない。

いかに上級悪魔らしからぬとはいえ、館周辺に暮らす魔獣たちも植物も、皆を大切にしているアルヴィンは、そこに棲まう者たちのことだけは、ちゃんと覚えている。だから、これがはじめて目にする魔界植物であることには確信があった。

「実がいっぱいだ。美味しいのかなぁ」

長い蔓にたわわに実るのは、一番大きなものでアルヴィンの顔くらいもある楕円《だえん》形の果実だ。表面に短い産毛が生えていて、少しザラッとしている。人間界のキウイを巨大化させたような印象だ。甘い匂いがするから果物であることは間違いない。

だが面白《おもしろ》いのは、蔓にぶら下がった実のひとつひとつが、違った模様をしていることだった。

ひとつは血赤色に闇色の水玉模様、その隣には血赤に紫を加えたマーブル模様、さらにはシマシマ模様やペイズリー、星やハートからアニマル柄まで……。まったく統一感がない。あるとすれば魔界の植物らしい、毒々しい色味をしていることくらいだ。

ひとつひとつが個性を主張するかに模様を変え、自分をもげと訴えてくる。

魔界の植物には不思議な力があって、育ちたい場所でしか育たないし、育ちたいときにしか育たない。貴族位を持つ上級悪魔なら話は別だが、下級悪魔相手には触れることすら許さない植物もあるくらいだ。

「イヴにお土産に持って帰ろう！」

イヴリンならきっと、この実が何ものであるかわかるだろう。おいしく調理してくれるに違いない。

アルヴィンが手を差し伸べると、水玉模様のひときわ大きな実とハート柄のひとつが、自ら蔓を離れ、掌《てのひら》に落ちてくる。

「すごい、大きいや……」

ずっしりと重いうえ、完熟なのだろう、とても甘い匂いがする。

「イヴ、喜んでくれるかな」

愛しい執事の喜ぶ顔を想像して、アルヴィンは大きな果実を手に、ウキウキと館に舞い戻った。

「イヴ！　イヴ！　見て見て！」

いつもならパントリーの小窓から飛び込むところ、今日はイヴリンの眠る寝室のアーチ窓に飛び込む。

ぽんっ！　と変化を解くや、イヴリンの枕元《まくら》に大きな果実を転がして、そして小さな子どものようにベッドにダイブした。驚いたイヴリンが眠りの魔法から覚め、涼やかな瞳を見開く。

「アルヴィンさま!?　なに……」

目をぱちくりさせるイヴリンに、「ただいま」とキスをひとつ。そして、「お土産だよ」と大きな果実を差し出した。

「ありがとうございます……」

突然目覚めさせられて、「おかえりなさいませ」を言う間もなく驚きに目を瞠《みは》っていたイヴリンだったが、差し出されたものを目にして数度瞳を瞬く。

「これは……」

素肌を隠すようにブランケットを引き上げ、そしてアルヴィンの土産をしげしげと見やった。

「また新しい魔界植物のようですが……」

でも……と首を傾げる。

「何かに似てるような……」

そして果実に手をかざすと、「答えよ」と命じた。

何ものなのか、食べられるのか、食べられるのだとすればどう調理するのがおいしいのか、植物自身に尋ねるのだ。

　ややしてイヴリンの宝石のような瞳がゆるり…と見開かれ、果実の正体が口にされた。

「マタタビ……蜜酒《みっしゅ》マタタビのようですが……」

「え？　これが？」

　蜜酒マタタビというのは、その名のとおり実の内に甘い果汁をたっぷりとたたえたマタタビで、その果汁を飲んでも果実を食べても、普通は甘い液体であり甘い果肉でしかないのだが、黒猫族にとっては麻薬のように作用する、ちょっと厄介な果物だ。

　同族に黄金マタタビというのもあって、こちらは猫じゃらしなどによく使われる。蜜酒マタタビより効力は薄い。

「亜種のようですね」

「でも、音がしないよ？」

　ちゃぷちゃぷと、果汁をたたえた音がしないと、アルヴィンが果実を振ってみせる。

「蜜酒を含まないのかもしれません」

「へぇぇ……」

　面白いねぇ…と、アルヴィンは大きな実を掲げてしげしげ。そして、イヴリンに期待満面の顔で訊《き》いた。

「食べられるんだよね？」

アルヴィンは甘いお菓子も大好きだが、甘い果物も大好物なのだ。

「ええ、ちょうど食べごろだと実が申しております」

イヴリンの説明を聞くや否や、アルヴィンは甘い香りのする大きな果実にかぶりついた。水玉模様のほうの実だ。

「アルヴィンさま!?」

ナイフとフォークも使わずはしたない！　と、イヴリンが目を剝《む》くのもかまわず、アルヴィンは甘い果実を頰ばり、「おいしい！」と歓声を上げる。

「すっごく甘くておいしいよ！」

奇怪な血色に闇色の水玉模様の外皮のなかには、エメラルドグリーンの果実。滴るほどの果汁をたたえ、その中心部分に規則的に並ぶプチプチとした小さな種は緋色《ひいろ》をしている。

「大丈夫ですか？　ご気分は？」

黒猫族でなければマタタビに酔うことはないだろうけれど、亜種となればどんな反応があるかしれない。心配するイヴリンに、アルヴィンはまったく気にする様子もなく果実を頰ばりながら平然と返す。

「ぜんぜん平気だよ」

そして、「イヴリンも食べてみて」と、手にした果実を差し出してきた。

「いえ、私は……」

「蜜酒もないし、きっと大丈夫だよ」

僕も平気だし、とアルヴィンが呑気《のんき》に言う。貴族位を持つ上級悪魔が平気でも、そのほかの悪魔が平気とは限らない。

「それとも、こっちのハート模様のほうがいい？」

まだ手つかずの、ひとまわり小さい方の実を割ろうかというアルヴィンを、イヴリンは白い手で軽く制した。

「本当に、なんともありませんか？」

アルヴィンの顔をうかがうように見上げて、イヴリンは白い眉間に軽く皺を寄せる。効果が即効性ではないことも考えられる。性急に判断するのは危険だ。

「心配してくれるの、イヴ？」

嬉しいな…と、アルヴィンが笑みを向けると、イヴリンは「当然です」と返してきた。

「私はあなたの執事なのですよ」

主を心配するのは当然だと言う。でもアルヴィンがほしいのはそんな言葉ではない。

「そうじゃなくて……」

ブランケットからはみ出た白い肩に、アルヴィンはちゅっと軽い音を立てて口づけた。

「アルヴィンさまっ!? くすぐったいですっ」

身体を隠すようにブランケットを引き上げて、イヴリンが身を捩《よじ》る。

「イヴ、いい匂いがする」

「いけません、もう……」

首筋を啄《ついば》む愛撫《あいぶ》に、白い肌を戦慄《わなな》かせながら、イヴリンがふいっと視線を逃がした。怒っているわけではない。恥ずかしいのだ。

「ごめん。じゃあ、キスだけ」

ね？ とねだられて、イヴリンは長い睫毛《まつげ》を瞬《またた》く。

唇に軽く触れるだけのキスがもたらされて、イヴリンに物足りなさだけを植えつけて離れた。どうしてこういうときばかり遠慮するのだろうかと、恨めしい気持ちに駆られる。

アルヴィンからは、いまさっき口にしたマタタビの甘い香りがしている。それくらい近い距離にふたりはいる。

イヴリンはふいの興味をそそられて、アルヴィンの手のなかの実に視線を落とした。

これが通常のマタタビと同じ性質の魔界植物なら、黒猫族にとっては禁忌だ。死ぬわけではないけれど、強いアルコールや麻薬を摂取したときのような酔いに襲われる。

魔力を使えば酔いをコントロールするのは容易《たやす》いが、マタタビだけは別。強い力を持つ黒猫族であっても、マタタビのもたらす効果をコントロールすることはかなわない。

それゆえ、とくに上級悪魔に執事として仕える黒猫族にとっては禁忌とされている。自身の不始末が、主の不易になりかねないからだ。

イヴリンは、生まれてこのかた、蜜酒マタタビを口にしたことがない。

黄金マタタビは修業時代に経験しているが、だがそれも、こういうものだと教えられたからであって、いわば修業の一環だった。

ゆえに、蜜酒マタタビなどイヴリンにとっては遠い存在。

えも言われぬ豊潤な甘さで美味だと聞いてはいても、真面目なイヴリンは禁忌を犯そうなどと考えたことがなかった。

けれど、アルヴィンの手のなかの大きな実は、艶《あで》やかなエメラルドグリーンと緋色のコントラストが美しく、アルヴィンの長い指を伝うほどに果汁を滴らせている。まるで食べてくれと言わんばかりに……。

「亜種ならば、その性質を見極めねばなりません」

そう言って、イヴリンが食べかけの果実に手を伸ばす。

「イヴ？」

アルヴィンの怪訝《けげん》そうな顔を横目に、イヴリンは滴る果汁を指先に掬《すく》い取って、そっと口に運んだ。

「甘い……」

舐《な》めてみると、それはそれは甘くて豊潤な香りがする。

「でしょう？　おいしいよね」

アルヴィンが無邪気に笑う一方で、イヴリンは甘い毒に誘われるように、もはや亜種マタタビの果実しか、その目に映していなかった。

アルヴィンの手ごと引き寄せて、果実に食らいつく。

イヴリンらしからぬ奔放な振る舞いに、アルヴィンが不思議そうに首を傾げた。

「イヴ？」

「おいしい……」

うっとりと言う。その碧眼《へきがん》は潤みを帯びて艶を増し、光彩のかたちが変化の兆しを見せるものの、当人もアルヴィンも、それに気づけてはいなかった。

たっぷりの果汁をたたえた豊潤な果肉は口のなかでとろりと蕩《とろ》け、喉《のど》の奥にまで濃く甘い香りをまといつかせる。

さらにもう一口、イヴリンは滴る果汁を追うように、アルヴィンの指に舌を這《は》わせた。

「イ、イヴ？」

驚いたアルヴィンが、身をひこうとするのを許さず、イヴリンは果汁を啜《すす》りつづける。

「おいしい……とてもおいしい……」

うっとりと言いながら、残りの果肉を食べつくしても、まだ足りないというように、アルヴィンの指を舐め上げた。

「イヴ？　もしかして酔ったの？」

さすがにイヴリンの様子がおかしいことに気づいて青くなったアルヴィンが、恐る恐るといった様子で愛しい執事の様子をうかがう。

その碧眼に、見たことのない色と光が浮かぶのを見て、アルヴィンはたらり…と、頬に冷や汗を滴らせた。

「も、もうやめよう」

手を引こうとしたら、ガリッ！　と牙《きば》が立てられる。

「いった――いっ！」

アルヴィンが叫んだのと、イヴリンがぽんっ！　と変化したのはほぼ同時だった。額に三日月模様を戴く黒猫に変化したイヴリンが、アルヴィンの指に食らいついている。

「うにゃぁん！」

「イ、　イヴ!?　痛い！　放してっ！」

アルヴィンの悲鳴が聞こえないのか、イヴリンの牙はますます深く食い込み、アルヴィンの指からとうとう鮮血が流れはじめた。

途端、何かに痺《しび》れたかのように、黒猫イヴリンの痩身がビクリッ！　と痙攣《けいれん》する。そして、「うにゃぁっ！」と雄叫び。

「イヴ!?」

ぱたっとベッドに倒れ伏したイヴリンは、くったりと動かなくなってしまった。

「イヴ!?　イヴ！　どうしたの!?　しっかりして！」

真っ青になったアルヴィンが、半泣きで黒猫姿のイヴリンを抱き上げる。だがイヴリンは目を覚まさない。呼吸はしているが、ぐったりと力尽きたように意識を失っている。

「どうしよう……イヴが死んじゃったらどうしよう……」

黒猫イヴリンを抱いておろおろすることしばし、はたと思いついたアルヴィンは、パントリーにいるはずのデューイに命じた。

「デューイ！　イヴをお願い！」

そして、ぽんっ！　とコウモリに変化すると、ぱたぱたと魔界の空へ飛び立つ。

それと入れ替わりにアルヴィンの寝室に跳ねてきたデューイは、ぐったりと横たわるイヴリンを見て飛びあがらんばかりに驚いた。

「イヴリン！　イヴリン！　しっかり！」

イヴが死んじゃったらアルヴィンのせいだ～！　と、おいおいと泣きながら、デューイは意識をなくしたイヴリンのまわりを、ぴょんぴょんと跳ねつづけた。


アルヴィンがどこへ行ったかといえば、兄悪魔クライドの館だった。

「兄上！　兄上！　助けてください！」

公爵位を持つ上級悪魔といえども、高い塔のアーチ窓から飛び込んできた小さなコウモリに顔面に飛びつかれれば、咄嗟《とっさ》のことに啞然《あぜん》とするよりほかないというものだ。

「なにごとだ」

憮然《ぶぜん》と吐き捨てて、ひしっとしがみつく小さなコウモリをひっぺがす。ぽんっ！　と変化を解いたアルヴィンは、半泣きで兄に縋《すが》った。

「兄上！　イヴリンが死んじゃうよぉっ！」

うわぁん！　と、子どものように泣く、弟悪魔の様子からただごとではないと察したクライドが顔色を変えた。

「なんだと？」

だが、決してイヴリンの身を案じてのことではない。いや、たしかにイヴリンの身を案じてはいるのだが、それには理由がある。

イヴリンにもしものことがあれば、アルヴィンの封印が破れかねないと懸念するからだ。

いまやイヴリンは、アルヴィンのもうひとつの封印と言っても過言ではない存在だ。アルヴィンの強大な力を封じた大魔王さまの封印すら、イヴリンの存在ひとつで危うくなる。

「なにがあった？」

泣いていてはわからないとクライドが諫《いさ》めると、アルヴィンは持参したものを兄悪魔に手渡し、かくかくしかじかと説明をはじめた。

「これを食べたら気絶しちゃったんです～」

アルヴィンがイヴリンに摘んで帰ったふたつのマタタビのうちの小さいほうだ。イヴリンが食べたのは模様違いの大きいほうの実だが、同じ木に実っていたのは間違いのない事実。

館の近くに生えた亜種のマタタビと聞いて、クライドが眉《まゆ》を跳ねさせる。

「バカ者！　黒猫族にマタタビを食わせたのか！」

効果のゆるい黄金マタタビならまだしも！　と、雷を落とされて、アルヴィンは反射的に頭を抱えた。

「ごめんなさい〜〜〜〜っ」

だって、万が一のことがあったとしても、酔っぱらうだけだと思ったし…と、上目遣いにうかがう末弟に、クライドは容赦なく本当の雷を落とす！

「亜種だとイヴリンが言ったのだろうが！　毒でも持っていたらどうする⁉」

ピシャッ！　と雷に打たれて、アルヴィンは小さなコウモリ姿になって床に落ちた。

「だってだって、僕が食べても平気だったから……」

だから、黒猫族にも平気なマタタビなのかと思ったのだと言うと、クライドの銀眼がスッと細められた。

「貴様と一緒にするな！」

兄悪魔に一喝され、自分が強大な力を持つことを知らないアルヴィンは、小さなコウモリ姿で「兄上ひどい……」とむくれた。

そんなアルヴィンなど放置で、クライドは事態の収拾に動く。

「ランバート！」

主に呼ばれて、ライヒヴァイン家の執事であるランバートが、木菟《ミミズク》姿で飛来した。ぽんっ！　と老執事姿に変化して、「お呼びでございますか？」と腰を折る。

「おや？　おやおやおや？」

クライドが手にしたものにすぐに気づいて、片眼鏡《かためがね》の奥の目をくるりっと巡らせた。

「これはまた珍しい」

マタタビですか？　と、すぐに言いあてて、「それにしては奇怪な」と感想を述べる。

「コレの館の近くに生えたらしい」

「また新種でございますか？　不思議でございますね、アルヴィンさまのお館周辺にばかり」

クライドが多くを語らずともたいていのことを察している老執事は、そんな感想を述べたあと、ハート模様をした奇怪なマタタビを手にとった。

「マタタビの検分はいいから、イヴを助けて！」

焦《じ》れたアルヴィンが、ぽんっ！　と人型に戻り、ランバートの手をとって引っ張る。いかがいたしましょう？　と執事に問う視線を向けられて、クライドが腰を上げた。

「ついてまいれ」

「かしこまりました」

一陣の突風が吹きぬけて、ランバートともどもクライドの姿が消える。

「兄上!?　待ってください〜っ！」

自分も一緒につれてってくれればいいのに〜とぼやきながら、アルヴィンは慌ててコウモリに変化して、必死に兄悪魔のあとを追った。

三人が消えたあとには、テーブルの上に残されたハート模様のマタタビがひとつ。

「クライドさま？」

ライヒヴァイン家に執事見習いとして仕える黒猫族のノエルがドアを開けて、そこに求める人の姿がないことに気づき、大きな目をきょとりと丸める。

その視線の先で、奇怪な果実が、「食べて」と言わんばかりにふるるっと揺れた。

2

呼び声に引き上げられるように、イヴリンは目覚めた。

「イヴ？　イヴ!?　よかったぁ！」

視界いっぱいに、心配気なアルヴィンの顔。イヴリンの長い睫毛がふるり…と揺れ、碧眼が焦点を結ぶ。

「アルヴィンさま……」

掠《かす》れた声が、主を呼んだ。

「兄上がランバートと来てくれて、寝てるだけだから心配ないって……でも、目が覚めるまでは僕、心配で心配で……気分はどう？　気持ち悪くない？　どこか痛いところとか……そうだ、喉乾いてない？　僕、ランバートに教えてもらって、がんばってお茶淹れたんだよ。火はデューイが熾《おこ》してくれたんだ。イヴに飲んでほしくて……、イヴ？」

安堵《あんど》のあまりまくしたてていたアルヴィンは、そこへきてようやくイヴリンの様子がおかしいことに気がついた。

「どうしたの？　やっぱりどこか……」

イヴリンは、眠っている間に人型に戻っていた。じっと自分の両掌を見下ろして、そして碧眼を瞬く。頬へ両手を添え、耳と尻尾《しっぽ》がないことをたしかめて、また両掌を見やる。

何かに怯《おび》えるような、驚きと困惑をたたえた碧眼がせわしなく動いて、それからようやくアルヴィンを捉《とら》えた。

「私…は……」

「イヴ？」

どうしたの？　とアルヴィンが心配気にイヴリンをうかがう。

いつもの気丈な光が消えて、かわりに縋るような色味を増した碧眼は潤みを帯び、ドキリとするほど艶っぽい。

一瞬、不埒《ふらち》な感情に襲われたアルヴィンの耳に、不安をいっぱいにたたえた震える声が届いた。

「魔力が……」

「え？」

「魔力が使えません……」

何を言われたのか、理解するのに数秒。

アルヴィンは大仰に驚いて、思わず仰け反る。

「えぇっ!?」

目を丸くするアルヴィンに、イヴリンが白い手を伸ばした。

「どうしたら……どうしたらいいんでしょう？　これではアルヴィンさまにお仕えすることができませんっ」

ひしっと長衣の胸元に縋って、潤む瞳で見上げてくる。

魔力が失われた結果なのだろうか、いつもの気丈さの消えたイヴリンは、不安に怯えるばかりの、ひ弱な仔猫《こねこ》のようだった。

「イ、イヴ……っ」

一糸まとわぬ姿のイヴリンに縋りつかれて、アルヴィンが慌てる。

「どど、どういうこと……っ」

イヴリン以上に混乱して、アルヴィンはわたわたと慌てた。この状態のイヴリンに触れていいものか悩んで、縋る痩身を抱きしめることもできない。

「こんな……どうして……なにもできないなんて……」

魔力がなければ、使役獣を操って館を管理することも、治癒能力を使ってアルヴィンの怪我や病気を治すこともできないと、イヴリンは呆然《ぼうぜん》とするばかり。

「だ、大丈夫だよ。きっとすぐに元通りになるよ。マタタビの効力が消えればきっと……」

適当なことを言ってイヴリンを慰めようとすると、こんなときばかり本来の気質が顔を出し、イヴリンはアルヴィンに食ってかかった。

「きっと？　本当に？　絶対ですか!?」

「い、いや……それは……」

襟元に掴《つか》みかかられて、アルヴィンがしどろもどろになる。その曖昧《あいまい》な反応に、イヴリンは青い瞳にじわり…と涙を滲《にじ》ませた。

「あわわっ、イヴ、泣かないでっ」

「アルヴィンさまにお仕えできないのなら、生きている意味がありませんっ」

わっ！　と泣き崩れる、イヴリンの薄い肩を、アルヴィンはそっと抱きしめた。

「アルヴィンさま……」

ぎゅううっと、細い腕が縋りつく。

「イヴ……」

愛しい存在にしがみつかれて、若いアルヴィンが冷静でいられるわけがない。しかもいつものイヴリンとは違い、ひしっと縋る痩身は頼りなく、これでもかと庇護《ひご》欲を刺激するのだ。

「アルヴィンさま……アルヴィンさま……」

もっと強く抱きしめて…と、イヴリンがアルヴィンの首に腕をまわす。アルヴィンは誘われるままに、イヴリンをベッドに引き倒した。

「大丈夫だよ、イヴ。なにがあっても、僕はイヴが大好きだから」

絶対に放さないから…と微笑《ほほえ》む。イヴリンの碧眼にじわり…と涙が滲んだ。

「私も……アルヴィンさまが大好きです。アルヴィンさまのためならなんだって……」

そんな殺し文句をさらりと言って、気恥ずかしげに瞳を伏せる。アルヴィンの内で、ぷつりと理性の糸が切れた瞬間だった。

「イヴ！」

「あぁ……っ！」

荒々しく口づけて、痩身を思うさままさぐり、白い太腿《ふともも》を淫《みだ》らに拓《ひら》かせる。

白く発光するかに滑らかな内腿に口づけて、濃い痕を残し、徐々に上へと際どい場所まで辿《たど》る。

「あ……ぁっ」

甘い声を上げるイヴリンの痴態を存分に堪能《たんのう》しながら、やわらかな肌の感触を味わい、戦慄く後孔に舌を這わせる。

イヴリンの手をとってその場所に導くと、いつもは恥ずかしがって嫌がるのに、今日はアルヴィンの望むまま、淫らな行為に耽《ふけ》ってみせた。

「アルヴィン……さ、ま……、あ……んっ」

淡い色の欲望から淫らな蜜を滴らせながら、白い指でアルヴィン自身を受け入れる場所をいじる。淫らに両脚を拓いて、もっと見てと言わんばかりに局部を曝《さら》し、充血した内壁を擦《こす》りたて、啜り啼《な》く。

「イヴ……すごい、綺麗《きれい》だ……」

ゴクリ…と喉を鳴らして、アルヴィンは腕のなかで身悶《みもだ》える痩身に見入った。

「ねぇ、こっちも、いい？」

淡く口づけて、それから親指の腹で唇をなぞると、イヴリンは恥ずかしそうに頬を染めながらもコクリと頷《うなず》く。

震える手でアルヴィンの長衣をはだけ、肌をなぞって、すでにいきり立った欲望に唇を寄せる。

「……んっ」

仔猫がミルクを舐めるかのようにイヴリンの舌が欲望を舐めて、アルヴィンは低い呻きを零した。

「イヴ……やばいよ、どうしよう……」

感じる場所を的確に刺激する舌の愛撫の淫らさに、アルヴィンは獰猛《どうもう》な情欲が湧《わ》きおこってくるのを感じた。

「イヴ……っ」

イヴリンの黒髪を摑んで欲望を喉の奥深くまで捻《ね》じ込み、衝動のままに口腔内《こうこう》を犯す。

「……んんっ！」

イヴリンが苦しげに喘《あえ》いでも許さず、乱暴に犯して口腔内に吐き出した。

「……っ、イヴ、全部のんで」

「ふ…ぁっ、……んふっ」

吐き出したものを口腔内に塗りこめるように抜き挿しを繰り返し、余韻を引き伸ばす。

「は……ぁっ、……っ」

ぐったりとくずおれかけた痩身を抱き寄せ、己の吐き出したもので汚れた唇を塞《ふさ》いで、滾《たぎ》ったままの欲望をイヴリンの後孔にすり寄せる。そして、一気に貫いた。

「あ……ぁっ！　や――……っ」

奔放に快楽を貪《むさぼ》るイヴリンの淫らな美しさに誘われるままに、アルヴィンは欲望を貪り、いつもはできないあれこれをねだって、イヴリンに淫らな言葉も言わせた。

「イヴ……イヴ、大好きだよ」

キスも抱擁も愛の言葉も大盤振る舞いで、ベッドのなかでは充分すぎるほどに満足したのだけれど、だからといって問題が解決するわけではない。

イヴリンを腕に抱いてぐっすりと寝入っていたアルヴィンを起こしたのは、枕元でぴょんぴょんと跳ねるデューイで、いくらもしないうちに、執事不在の館がどんなとんでもない状況に陥るのか、アルヴィンは己の身を持って知ることになったのだ。

いくら伯爵位を持つ上級悪魔といえども、執事のようにうまく使役獣を扱うことはできない。なぜ貴族の位が与えられているのか？　と本人すら首を傾げているアルヴィンでは、もっとどうにもならない。

階位があることからもわかるとおり、悪魔界は役割分担がはっきりしていて、その能力をもたないものが補うことはできないのだ。

魔力をなくしてしまったイヴリンは、アルヴィンの部屋にこもったきり出てこない。

となると、館を管理する者がいなくなって、アルヴィンの食事の用意をする者もいない、ということになる。

一日二日食べなくても悪魔は死なないが、問題はそこではなかった。

「お館がひっちゃかめっちゃかになってますぅ」

どうするんですかぁ？　と、テーブルに突っ伏すアルヴィンの頭の上でぴょんぴょんと跳ねながらデューイが文句を言う。

「わかってるよ。でもイヴの力が戻らないんだもん」

蜜酒マタタビの効力は、普通は一昼夜で消えるとランバートが言ってた。だが亜種マタタビの効力がどれくらいつづくのかは、誰《だれ》にもわからないのだ。なんといっても、アルヴィンの館近くにしか生えていないし、同じ模様の実はふたつとないのだから。

ランバート曰《いわ》く、模様が違えば効力も違う可能性があるとのこと。果実に尋ねても詳細までは答えないらしく、食べてみなければわからないと言う。

兄クライドは、禁忌の実に指定することを大魔王さまに進言するつもりだと言っていた。

アルヴィンは全然平気だったたし、エメラルドグリーンの果肉はとても甘くて本当においしかったけれど、黒猫族にどんな影響が出るかわからないのでは、たしかに危険極まりない。実のなかには、命にかかわる効果を持つものもあるかもしれないのだ。

「アルヴィンさまのせいだ！　アルヴィンさまがわるい！」

「……わかってるよ」

「やくたたずぅ！」

「……ううっ」

上級悪魔にこんな口を利く下級悪魔もほかにいないが、格下の悪魔にこうまで言われて、対等に受け答えする上級悪魔もアルヴィン以外にいない。

「どうしたらいいんだろう……」

このままでは、館は見る間に廃墟《はいきょ》と化してしまう。それほどまでに、貴族の館にあって執事の存在意義は大きなものなのだ。

考えてわからないものは、知恵のある者を頼るしかない。

「ちょっとでかけてくるよ」

あとをお願い、とデューイに言いつけて、アルヴィンはぽんっ！　とコウモリに変化した。ぱたぱたと飛び立って向かった先は、またも兄クライドの館だった。


「兄上ぇ……」

ヨロヨロと飛び込んできた小さなコウモリが、ぺたり……と肩に縋った恰好でほろほろと涙に暮れる。

クライドは大仰なため息をついて、長い指で額を抑えた。

「……今度はなんだ」

「イヴがもとにもどりません～」

　コウモリ姿のままえぐえぐと泣く弟悪魔に疲れた視線を向け、クライドは「ランバート」と執事を呼んだ。

「お呼びでございますか」

　主の居室に現れたランバートは、クライドの肩で泣き濡《ぬ》れる小さなコウモリを見て、「おやおや」と目を丸めた。

「ランバートぉ、イヴを治して」

　目が覚めたのはよかったが、魔力を失ってしまったイヴリンは人が変わってしまったようで部屋に引きこもったきりだし、館は荒れ放題だし……と、状況を説明する。アルヴィンの説明に、さすがのランバートも「はて」と首を傾げた。

「そのような症状は聞いたことがございません。とはいえ、亜種のマタタビを食べてしまったのですから何が起きても不思議はありませんが……」

　そもそも黒猫族には麻薬だと知りつつマタタビを食べたのが悪いのだから、何が起きてもしょうがないと言われて、アルヴィンはどっぷりと落ち込んだ。おいしいよとイヴリンに食べるようにすすめたのはほかならぬ自分なのだ。

「そんなこと言わないで、何か考えてよ～」

解決策はないのかと、今度はランバートの胸元に飛びついて、アルヴィンはコウモリ姿のまま必死に懇願した。

「そうは言われましても……」

「ランバートはなんでも知ってる梟木菟《フクロウ》族のベテランでしょう？　何かいい考えはないの？」

しくしくと小さなコウモリに縋られれば、無碍《むげ》にもできない。

「ランバート、なにか知恵はないか」

いいかげんウンザリしはじめたクライドにも言われて、ランバートは「そうですねぇ」と思考を巡らせる。そしてぽんっと手を叩いた。

「黒猫族の長老の元を訪ねてみられてはいかがでしょう？」

ようやくなされた建設的な提案に、アルヴィンが顔を上げる。

「長老？」

「はい。一族のあらゆる知識に通じているのが長老です。何かよい知恵を授けてくれるやもしれません」

貴族のもとに送りだした一族の者への責任もあるのだから、相談にのってくれるだろうと言われて、アルヴィンはパァァッと顔を綻ばせた。

「ありがとう！　行ってみるよ！」

礼もそこそこに、ぱたぱたと飛び立っていく。その姿が月夜の彼方《かなた》に消えるのを見送って、クライドは今一度長嘆を零した。

「……ったく、落ち着きのないやつめ」

だが、そうは言いながらも、アルヴィンの封印に変化がないことに安堵する。アルヴィンの封印が解かれようものなら、悪魔界すら揺らぎかねない。

「お幸せそうでなによりでございます」

長い時間を生きてきた老執事の着眼点は、公爵位にあるクライドすら及ばない。「よいことです」とほくほくと言って、「では私はこれで」とパントリーへ下がっていった。

そこへ入れ替わりに、猫耳しっぽを装備した、執事見習いのノエルがティーセットを手に飛び込んでくる。

「クライドさま！　あれ？　アルヴィンさまはもうお帰りになられたのですか？　イヴリンは？　大丈夫なのですか？」

同じ黒猫族としてイヴリンを心配するノエルだが、それ以前に、まずは自分の能力のコントロールを覚えなければ、いつまで経《た》っても見習いのままだ。

「おまえが心配することではない」

「でも……」

「貴様は貴様の仕事をしろ」

「はぁい」

拗ねたようなもの言いをする執事見習いを抱き寄せ、膝《ひざ》に座らせて、クライドは弟悪魔の飛び立ったアーチ窓から緋色の月を見上げる。

「監視役も楽ではないな」

そんな長嘆を零す主の膝の上で、猫耳しっぽ姿のノエルが、きょとり…と大きな瞳を瞬いた。


ライヒヴァイン城から嬉々《きき》と舞い戻ってきたアルヴィンにコウモリ姿のまま懐かれ、イヴリンはくすぐったさに身を捩る。

けれど、コウモリのビロードのような毛並みの心地好《よ》さに目を細めたのも束《つか》の間《ま》、アルヴィンの口から告げられた言葉を聞いて目を瞠った。

「長老のもとに……ですか？」

事態の解決を図るため、黒猫族の長老に知恵を借りにいこうと言うのだ。

「うん！　長老さまだったら、きっとなんとかしてくれるよ、ね！」

冗談ではない。

心して主にお仕えするようにと送りだしてくれた長老さまに、魔力を失ってしまったこんな姿など見せられるはずがない。

「いいえ、おとなしくしていればそのうちマタタビの効果も消えると思いますので」

ふるるっと首を横に振って、このままここに居させてほしいと訴える。こんなみじめな姿を同族に見られるくらいなら、この場で果ててしまったほうがずっとましだ。

「でも、今のままじゃ、館も荒れ放題になっちゃうし……」

言いかけて、イヴリンの瞳が潤むのを見て、あわわっと言葉を呑《の》み込む。

「申し訳ありません。私がお役に立てないばかりに……」

役立たずの執事になんの意味があるのか…と、イヴリンがさめざめと泣けば、アルヴィンは慌てて慰めざるをえない。

「へ、平気だよ、館のまわりには魔界植物がたくさん育ってるから食べるものには困らないし、少々埃《ほこり》がたまったって死なないし、僕は狩りや宴《うたげ》とも無縁だから……えっと……」

イヴリンの手料理が食べられないのが、肉体的にというより精神的にかなり痛手なのだけれど、アルヴィンは口を噤《つぐ》んだ。アルヴィンの焦る様子を見て、イヴリンはますます細い肩を落とす。

「私など、もはやアルヴィンさまのお傍《そば》にいる資格がありません」

ほろほろと、透明な涙が白い頬を伝い落ちる。

「や、あの……泣かないで、ね、イヴ、僕は本当にこうしてられればそれだけで……」

だから資格がないなんて悲しいことは言わないで、とアルヴィンに縋られて、イヴリンは戸惑いの内に揺れた。

執事として役立たずなのに上級悪魔の館に居座れるはずもない。

かといって、自分が今のアルヴィンから離れたら、いつ封印が解かれてしまうかしれない。

大魔王さまのほどこした封印さえ、場合によっては危うくなりかねないのがアルヴィンの秘められた力なのだ。

その封印が解かれることのないようあらゆる面からサポートするのも、大魔王さまから与えられた新たなお役目だったというのに、これではどちらにせよ役立たずだ。

なんとかしなくては……長老さまに頼ることなく、自力で事態の解決をはからなければならない。

「アルヴィンさま、お願いがあります」

「なに？　僕にできることだったら、なんでもするよ」

イヴリンに頼られることなどめったにないアルヴィンは嬉々として返した。——が、つづく言葉を聞いて一瞬躊躇《ためら》う。

「あのマタタビが生えている場所へ、私を連れていってください」

「えぇっ!?　でも……」

いや、それは……と、口ごもると、イヴリンは「なら、自力で行きます」とベッドを出ようとした。

たしかクリスタルの森のはずれだと聞いていた。

のか、イヴリンにもわからない。それでも、今できることといえば、これ以外にないと思われた。

クリスタルの森までは、いつもなら魔力でひとっ飛びだけれど、歩いていったらどれくらいかかる
「ちょ、ちょっと待って！」

ブランケットを放《ほう》り出そうとした手を、アルヴィンに止められる。

「危ないよ。このあたりに危険な魔獣は少ないけど、でも森の奥には何がいるか知れないし、なにより遠いし、とても歩いてなんて……」

途中で言葉を止めたのは、訴えるようなイヴリンの視線に間近に見上げられたため。

「アルヴィンさま」

「わ、わかったよ。連れて行くから」

だから落ちついて！　と、なんとか宥めて、久しぶりに執事の制服というべき燕尾服に袖《そで》を通した
イヴリンを抱き、クリスタルの森の入り口へ跳躍した。

「えっと、たしかこのあたり……」

イヴリンを腕に抱いたまま。アルヴィンがあたり一帯をきょろきょろと眺める。

「なんて綺麗な……」

紫水晶の小川の流れを見て、思わずといった様子でイヴリンが呟《つぶや》く。

「ここらあたりって、来たことなかったっけ？」

「森の近くまではほとんど……とくにここしばらくは、ほとんど遠出をしなくなっていたので」

「じゃあ、クリスタルの森の奥まで足を伸ばしてみようか。森にしか咲いてない花もあるし、きっと気に入るよ」

「嬉しいです。でも……」

問題を解決しなければ、散策を心から楽しむことはできない。

「まずはマタタビだね。こっちだよ」

イヴリンの手を引いて、先日新種のマタタビを見つけた場所へ案内する。だが、案内したアルヴィンのほうが、驚きの声を上げた。

「う…わっ、すごい……」

先日見たときとは比べ物にならないほどに木が大きく育って、蔓が伸び、実る果実の数も増えていたのだ。模様のバリエーションも増えている。

「これが……」

自分が食べたのと同じ実を探しても、やはり見当たらない。似たものはあるのだが、模様の大小があったりして、少しずつ違うのだ。

多少の違いは個体差と考えていいのか、それとも別物と捉えるべきなのか。

「やっぱり、何も聞こえない……」

魔力を失ったイヴリンが手をかざしても、果実たちは何も答えない。

「ねぇ、おまえたちの効力はどれくらいつづくの？」

尋ねても、いつもなら聞こえる果実たちの無邪気な声がまったく聞こえない。イヴリンは、がっくりと息をついて、それでも手近な実に手を伸ばした。

「きみたちは僕をどうしたかったの？」

どうして黒猫族の魔力を奪うようなマタタビが存在するのか。そもそもなぜ、この場所に亜種が生まれたのか。

やはりアルヴィンの力が影響しているのだろうと考えるものの、だとしたら自分に害を与えるような果実が実るのも不思議だ。

イヴリンが、縞《しま》模様のひとつをそっと撫でると、まだ未完熟かと思われた小さな実は、自ら蔓を離れてイヴリンの手に落ちてくる。この個体は、このサイズで完熟しているらしい。

「イヴ？」

気をつけて、とアルヴィンがハラハラと見守る。

イヴリンはしばし考えたのち、手に落ちてきた緋色に闇色の縞模様のマタタビに、えいっとかぶりついた。

「うわぁぁっ！　イヴ、なにしてんのっ⁉」

驚いたアルヴィンが悲鳴を上げる。

当然、何も考えずに禁忌の実を二度も口にするわけがない。この前のように、甘く熟した実に誘われたわけでもない。ちゃんと考えあっての行動だ。

いわゆる荒療治、というやつ。

治療法が見つからないのなら、一番荒っぽい方法を試してみるよりないと思ったのだ。

これだけたくさんの実をつけているのだから、なかには実の効力をなくす働きをするものがあるかもしれない。

アルヴィンの悲鳴を無視して、イヴリンはさらにひと口。果肉の色にも個体差があるらしく、この実はマゼンタピンクの果肉に濃い紫色の種が並んでいた。

「吐いて！　出して！　食べちゃダメだよ！」

また妙な反応が出たらどうするのかと慌てる主の一方で、イヴリンはじっくりと味わうようにマゼンタピンクの果肉を食べ、己の反応に五感を澄ませる。

「イヴ？　大丈夫？　今度はどこか……」

アルヴィンがおろおろとイヴリンの顔色をうかがう。

さらにもうひと口。

甘い甘い果肉が口中で弾け、したたる果汁が五臓六腑《ごぞうろっぷ》にしみわたっていく。

おいしい……と、感じるのは、この果実が黒猫族にしかけた罠《わな》なのだろうか。でもアルヴィンもおいしいと言っていたし、魔界の住人の誰が食べてもおいしいのだろうか。だったらなぜ、黒猫族にだけ特別な効果が現れるのだろう。

「イヴ？　やっぱりやめたほうが……」

アルヴィンの、もはや懇願と化した提案を無視して、さらにひと口食べすすめたときだった。

ドクンッ！　と、ひとつ大きく鼓動が跳ねた。

急速に血流が巡りはじめる。

腹の底が熱くなる。

そうして、イヴリンは指先までエネルギーが満ちていくのを感じた。

「力が……」

「……え？」

己の両掌を見つめ、それを確信する。

「力が戻っています」

「……!? 本当!?」

すごいや！ と、アルヴィンが安堵の笑みを弾けさせ、ぎゅむっと抱きついてくる。

「よかった！ これでまたイヴリンのおいしいお菓子が食べられるね！」

「アルヴィンさま、落ちついてくださぃ……っ」

すりすりと頬をすり寄せ、ぎゅうぎゅうとしがみついてくる。子どものような反応に多少の呆《あき》れと

それ以上の微笑ましさを感じつつ、大きな身体を抱きとめた。

「ご心配をおかけしました。もう大丈夫なようです」

ドクンッドクンッと、全身に力がみなぎっている。

黒猫族として魔力はかなり上位にあると自負するイヴリンだが、自分はこれほどまでに強い魔力を

有していただろうかと感じるのは、魔力を失った状態での心もとなさを経験しているからだろうと、

そんなことを考えてしまうほどに、指先まで強いエネルギーが満ちている。

満ちて満ちて……エネルギー値がどんどん高まって……。

「……」

「……？ イヴ？」

黙ってしまったイヴリンを訝《いぶか》って、アルヴィンが白い顔を覗《のぞ》き込む。

瞬く碧眼の美しさに、甘い果汁の香りをまとわせた濡《ぬ》れた唇の艶っぽさに誘われて、アルヴィンが

唇を寄せてくる。

「イヴ、大好きだよ」

ねぇ、このままここで、ダメ？　と、甘えた声がイヴリンの白い首筋に落とされる。――そのとき。

イヴリンの碧眼の奥、猫科特有の光彩が、ギロリ！　と鮮やかな光を放った。


いきなり襲った衝撃に弾き飛ばされたアルヴィンは、己の身に何が起きたのか理解できないまま下草の上に転がった。

「イヴリン!?」

なにがどうしたの!?　と、弾き飛ばされたときに衝撃を食らった頬を庇《かば》いつつ、愛しい執事を見上げる。

だが、そこに見たものにアルヴィンは蒼白《そうはく》になって、言葉を失った。

「イ、イヴ？」

あなたはどこのどなたですか？　と、思わずアルヴィンが口にしかかったのもいたしかたない。つんっと立った猫耳に鞭のように動く黒く長い尾、月光を受けてギラリッと不穏な光を放つ長い爪《つめ》。いつもきちんと整えられている黒髪は妖《あや》しく乱され、赤く染まった唇の奥には牙。

美しい碧眼でアルヴィンを睥睨《へいげい》する美貌の黒猫族は、いつものイヴリンとは似ても似つかない雰囲気ながら、たしかにイヴリンに間違いない。

「図々《ずうずう》しいぞ、若造」

「……はい？」

「この私を好きにしようなどと、百万年早いわ！」

しなやかな尾が鞭のように舞って、電撃がアルヴィンの足先を焼く。

「……うそ……」

イヴリンにこんな能力が？　と、唖然呆然とするアルヴィンなど放置で、女王様キャラと化した黒イヴリンは、「息苦しいな」と燕尾服の襟元を乱し、長い爪を装備した白い指で、艶やかな黒髪をくしゃりと乱す。

二個めの亜種マタタビは、忠義で控えめな黒猫族の性質を、真逆に変えるものだったらしい。

呆然とへたり込むよりないアルヴィンに妖艶《ようえん》に微笑みかけ、長い爪がくいっとアルヴィンの頤《おとがい》を捉える。

「初心《うぶ》そうな顔をして、本当はこの肉体をめちゃくちゃにしたいって思ってる。悪い子」

つつ……っと、指先がアルヴィンの胸元を伝う。そして、貴族の証である金針石をもてあそんだ。

「お望みのままに、させてあげましょうか？」

「……へ？」

アルヴィンが金の瞳を瞬くと、黒イヴリンはふふっと楽しそうに笑った。

怖いけど、綺麗だなぁ…と、アルヴィンは自慢の執事の美貌に見惚《みほ》れる。そんな場合ではないはずなのに、女王様キャラのイヴリンに、足蹴《あしげ》にされたくてたまらなくなってくる。

「実を摘め」

「……え？」

命令口調に慣れないアルヴィンが聞き返すと、黒イヴリンの碧眼がギラリ！と鋭い眼光を放った。

「ウスノロ！　ボウッとするな！　マタタビの実を摘めるだけ摘んで持って帰るんだよ！」

長い尾が鞭と化し、電撃がビシィィッと下草を撃つ。

「は、はいぃっ！」

思わず直立不動になって、それから大慌てでアルヴィンは亜種マタタビの実を摘みまくった。

「館に戻るぞ」

「お、仰せのままに」

主従の立場がすっかり逆転して、アルヴィンは言われるまま、イヴリンのあとを追う。

「なにをしている」

長く黒い尾が、アルヴィンの頬をピタピタと打った。

「……は？」

途端、イヴリンの碧眼がカッと光を放つ。

「私を歩かせる気か！」

キッと睨《にら》まれて、アルヴィンはわたわたと慌てた。

「ご、ごごごごめんなさいっ！」

ど、どうしたら……と、しどろもどろになるアルヴィンの腕に、黒イヴリンは自ら横抱きに抱かれる。しなやかな腕が首にするりとまわされ、長い尾がアルヴィンの腰に巻きついた。

妖艶な光を宿す碧眼が、媚《こび》を孕《はら》んで間近にアルヴィンを見上げる。艶めく唇から覗く小さな牙が、なんとも扇情的だ。

その唇が、アルヴィンの唇を軽く啄む。そして首筋に軽く牙を立てた。

「ふふ……っ」

「え？　あ、あの……」

真っ赤になって動揺するアルヴィンを、妖艶な碧眼が愉快そうに見上げる。

「早く」

「……はい？」

イヴリンに見惚れるあまり生返事を返すと、碧眼が途端にギラリと光る。

「早く館へ連れて行け！」

「は、はいっ！」

一喝されて、アルヴィンは大急ぎで館へ跳躍した。


同じころ。

ライヒヴァイン公爵家の館では、執事のランバートが、「そういえば……」と、主のクライドに提案を投げていた。

「実は思い出したことがございまして」

クライドのためにお茶を淹れながら、ランバートが片眼鏡の奥の瞳を眇《すが》める。

「思い出したこと？」

クライドはあくまで優雅に、ティーカップを取り上げた。その膝の上では、額に星型の銀毛を戴く一匹の仔猫が丸くなってすやすやと眠っている。

「はい。かなり古い記憶なのですが、魔界鴉の一族に毒に詳しい医者がいると聞き及んだことがございます」

「魔界鴉？　髑髏《ドクロ》の砂漠の果てに棲む一族だな。ほとんど他族との交流がないという……」

「魔界のありとあらゆる毒と薬に通じていると聞きます。亜種マタタビにも効果のある薬を調合できるやもしれません」

公爵位にあるクライドにならば、魔界鴉族の医者を館に呼びつけることなど容易い。今現在クライドは、魔界のナンバーツーと言われている大悪魔なのだ。

「放っておいても覚めるのだろう？」

麻薬に匹敵するとはいっても、その性質としては酒に近いもので、覚めさえすれば後遺症も残らないはずだ。

「そのはずですが、なんといっても亜種ですし、体内に入った強い麻薬を分解できる薬があるのなら飲ませるほうが安全だと思われます」

信頼する執事の言葉に、クライドは「なるほど」と頷く。そして、「私も甘いな」と苦く笑った。

末弟に甘い自身を自覚しつつ、「その医者を呼べ」とランバートに命じる。

「必要なものは揃《そろ》えさせる。報酬も弾む。それでごねるようなら、力づくでかまわん」

「御意に」と一礼を残して、ランバートが部屋を辞す。いくらも経たないうちに、薬は届けられるだろう。

至高の香りを放つ紅茶に舌鼓を打ち、膝の上で丸くなる黒い毛玉を存分に撫でて、クライドは満足気な笑みを浮かべた。末弟にはたっぷりと恩を売ってやろう、などと考えながら。


ここしばらく煤《すす》けていたウェンライト伯爵家の館が瞬く間に輝きを取り戻したはいいが、以前とはずいぶんと異なる空気が、館を違ったものに見せていた。

貴族の館としての品は保ちつつも華美なところは微塵《みじん》もなかった館が、きらびやかさを増し、金銀装飾と色とりどりの花とに飾られている。

管理する者の嗜好《しこう》が変わるだけで、館のありようはこれほどまでに変わるのかと、イヴリン以外の執事といえば兄悪魔の館に仕える老執事のランバートくらいしか知らないアルヴィンは、驚きに目を瞠った。

「すごいや……」

その館の高い塔に設《しつ》えられた主の居室、肘《ひじ》掛つきの優美なチェアに痩身を投げ出し、優雅に足を組んで、イヴリンは血赤ワインの一万年ものに舌鼓を打っていた。

長い爪を装備した白い指先ひとつで、使役獣に命令を与え、館を瞬く間に整えて、ダイニングテーブルには魔界ならではの料理が並ぶ。

いつもはアルヴィンに倣って魔界植物からつくった料理しか口にしないというのに、今宵《こよい》は極悪鳥の丸焼きや角カジキの塩釜《しおがま》焼き、洞穴ネズミのシュラスコに、冥界《めいかい》花のサラダ、魔界フルーツのコンポート、そして年代ものの血赤ワイン。

今宵は宴かとばかりに、使役獣に命じてそれらを瞬く間に揃えさせ、自分は堕天鳥《カラス》に酌をさせながら、血赤ワインを浴びるように飲みまくる。

完全に別人と化したイヴリンに、アルヴィンは目を白黒させるばかりだが、命じられる使役獣や日ごろからイヴリンを崇拝するデューイの反応は違っていた。

「イヴリン……すてき……」

デューイが目をハートにしてうっとりと言う。

小蛇のデューイに手足はないが、手（前肢《あし》？）が生えていたなら、胸の前でうっとりと組まれていたことだろう。

食卓を調えるゼブラ柄のテンも、窯の火を任された蜷局サラマンダーも、生き生きと役目を果たしている。

かわいい以外になんの役にも立たないと言われる羽根兎ですら、わらわらと集まってきて、イヴリンの襟元を飾るファーと化していた。

それゆえよりゴージャスさが増して、女王様度が上がっている。

アルヴィンはというと、そんなイヴリンの足元に正座して、さきほどから白い足にマッサージを施していた。

何がヤバいかといえば、羽根兎のファーをまとったイヴリンが、燕尾服を脱ぎ捨てた、白いシャツ一枚姿で、悩ましい生足をさらしていることだった。

しかも猫耳にしっぽを装備した姿だ。妖しいことこの上ない。

変化可能な魔族にとって、中途半端な姿を曝すのは恥ずかしいこととされているのだが、こうしてみるとなかなか悪くない……なんて思ってしまう。

そういえば、兄クライドは、最近保護した黒猫族の少年の、猫耳しっぽ姿がいたくお気に入りだった。かわいらしい少年の猫耳しっぽ姿もかわいいけれど、妖艶な青年姿のイヴリンもかなりすごい。なにがすごいって、いろいろすごい。

とはいえ、この状態のイヴリンに発情するのもどうかと思うし、そもそもマタタビ効果であって、イヴリンがそうしたくてしていることではない。魔力を失ってひ弱になっていたイヴリンは、これまで気丈さの裏に隠されていた、ある意味イヴリンの一面といえるものだったが、今目の前にいるイヴリンは、完全にマタタビに操られた別人格だ。

悩殺ポーズで誘われても、それがイヴリンの本意ではないのだとすれば、アルヴィンには嵐《あらし》がすぎるのを待つ以外にできることはなかった。

何より、女王様と化したイヴリンが怖くてしかたない。色っぽさにそそられることはそそられるのだけれど、そもそも好みの問題というかなんというか、アルヴィンはいつものストイックで控えめなイヴリンのほうが好みだった。

とはいえ、麻薬に酔っていようとも肉体はイヴリンのものだ。

想《おも》いを通じ合わせて以降、触れることを許された滑らかな肌の手触りは記憶に新しいし、アルヴィン自身を包み込む場所の心地好さは筆舌に尽くしがたい。

ストイックに主に仕えるとされる黒猫族だが、その一方で、心を許した相手とであれば淫らに奔放に快楽を貪る性質も備えている。

アルヴィンのために拓かれる肉体は甘く芳しく淫らで、思い出しただけで喉が鳴る。とはいえ、誘われるままに今のイヴリンに手を伸ばそうものなら、今度こそまともに電撃を食らいそうな気がするのだ。

「えっと、イヴ?」

マッサージしていた白い足が、スッと上がってアルヴィンの頬を擽る。滑らかな肌は黒猫姿のときの艶やかな毛並みを彷彿《ほうふつ》とさせる。白い肌が光沢を帯びているのは、イヴリンが欲情しているからだろうか。

「あ、あの……」

爪先《つまさき》でつつつ…っと顎《あご》のラインを辿られて、アルヴィンは目をまわしそうになった。刺激が強すぎる。

「なんです？」

妖艶な碧眼が細められる。アルヴィンはびくりっと背筋を正した。

「僕はどうしたらいいの…かな？」

へへ…と、誤魔化すように頭を掻《か》くと、イヴリンは手にしていたグラスを放り出し、椅子《いす》を降りてアルヴィンの腰を跨《また》ぐ恰好で馬乗りになった。

「イ、イヴ、ちょっと待……」

唇にそっと人差し指があてられる。

「どうぞお命じください。私はあなたの執事です。なんでもしてさしあげますよ」

思わずゴクリ…と唾《つば》を呑みこんでしまった。

「ええっと、じゃあ……」

視線を逸《そ》らしながら、ぐるぐると思考を巡らせる。

「バウムクーヘン、食べたい…な」

二度とこんなチャンスはないだろうと思ったのもあって、ひ弱になったイヴリンには欲望のままに食指を伸ばしたものの、この状態のイヴリンに誘われるままにおねだりするのはどうにも怖くて誤魔化してしまう。

するとイヴリンは、ぴくりっと片眉を跳ねあげて、「ふんっ」と椅子に戻ってしまった。際どい場所までを曝した白い足を組み、ワイングラスに手を伸ばす。

「人間界に降りて調達してくればいい」

吐き捨てて、アルヴィンに綺麗な爪先を突きだした。

なにをしてほしいのかと自分で聞いておきながら、望んだ答えでないものは、完全スルーのようだ。

「あの……？」

「爪の手入れして」

「えっと……どうやって……」

うかがいを立てると、碧眼にギロリと睨まれ、アルヴィンは口を噤んだ。

見かねたデューイが道具一式をとってよこす。そして、心配気に小首を傾げた。

イヴリンの女王さまぶりに目をハートにしていたデューイだったが、さすがに大丈夫だろうかと思いはじめたのだろう。

その小さな頭を撫でてやって、アルヴィンは「マタタビに酔ってるだけだから大丈夫だよ」と微笑む。デューイは少し安堵した様子で、赤い瞳を瞬いた。

「手の爪も磨いて」

「はいはい、ただいま」

「髪の手入れも」

「はいはいはい」

「マタタビ食べたい」

「……いや、それはやめたほうが……」

あの果実はたしかに美味だけれど、次はどんな変化が起きるのかと思ったら、恐ろしくて手が出せない。さきほど摘んできた実も、早々にクライドに引き取ってもらって、大魔王さまに禁忌指定をしてもらわなくては。

同族の黄金マタタビは、実は食べられないものの、蔓や葉に多少の高揚成分があるだけでたいした害はないため、マタタビ酒や猫じゃらしなどにも使われるが、あの亜種マタタビは、蜜酒マタタビ以上にヤバイ。

思わずまっとうに返してしまって、冷たい一瞥《いちべつ》につづく言葉を制される。アルヴィンは慌てて代替案を提示した。

「ええっと、じゃあ、代わりに水晶桃なんてどうかな？」

本来クリスタルの森でしか育たないはずの水晶桃だが、なぜかこの館の周辺にも生えている。滴るような果汁の量と甘さでは亜種マタタビにも負けない、抱えるほどの大きさもある半透明の果肉が特徴的な果実だ。

魔界植物に季節や旬《しゅん》などない。実りたいときに実るから、果たして実っているのかも知れないままに言うと、「いまは実ってません」とイヴリンに一刀両断された。

「そ、そう……」

あはは…と、笑って誤魔化すよりほかない。

アルヴィンの傍らで、小蛇のデューイが「がんばれ！」と無言の応援をよこしていた。がんばれといわれても、何をどうがんばっていいものやら……。

下僕と化して言うことを聞くくらいならいくらでも付き合うが、このマタタビの効果は果たしていつになったら抜けるのだろう。そもそも本当に、元に戻るのだろうか。

そう考えたら、ゾクリ…とアルヴィンの背を悪寒が突き抜けた。

いつものイヴリンが戻ってこないなんて嫌だ。絶対に嫌だ。

ひ弱なイヴリンもかわいかったし、女王様なイヴリンも魅力的だけれど、でもアルヴィンはいつものイヴリンがいっとう好きなのだ。

「マタタビが食べたい」

白いシャツ一枚姿のイヴリンが、黒猫族らしいしなやかな身のこなしで腰を上げる。

ダイニングテーブルの中央に山と積まれたマタタビの実に手を伸ばすのを見て、アルヴィンは慌てて止めに入った。

「ダメだよ、イヴ」

三個目なんて、絶対に口にはさせられない。

「放せ！　いいだろ、死ぬわけじゃないんだ」

「わからないだろう？　ひとつとして同じ実がないんだから」

細い手首を捉えて抱き込むと、バリッと頬に爪を立てられた。

「いったたたたっ」

暴れないで！　と言っても、マタタビに酔ったイヴリンには通じない。これはもしかして禁断症状というやつなのだろうか。ひとつを食べると、ふたつみっつと食べたくなるとか？

「ああ、もうっ、どうしたらいいんだよ～っ」

暴れる痩身を押さえ込むために、「ごめんね」と詫《わ》びてイヴリンの細腕を後ろ手に拘束する。すると怒るかと思われたイヴリンは、「ふふ」と笑って、ずいっと顔を近づけてきた。

「なんだ、そういうのが好みなのか」

「はぁ？」

「遠慮せずともよいと言ったではないか。縛りたいのだろう？　縛ればいい」

そう言って、アルヴィンの唇に軽く歯を立てる。

驚いて身をひいたら、バランスを失って、腕のなかのイヴリンごと背後に傾いだ。

「わっ、イヴ!?」

イヴを庇って下になったら、アルヴィンの腰を跨いだイヴリンが、卑猥《ひわい》に触れ合った場所をうごめかす。

「わわっ、や、やめて……っ」

ヤバいよ…とアルヴィンが呻くと、イヴリンは碧眼の中心に浮かぶ光彩を細めて、舌舐めずりをした。

「悪い子。ここをこんなにして」

「わっ、やっ、ダメっ、触っちゃ……っ」

あたふたとするアルヴィンの視線の先、イヴリンが長衣の上からアルヴィンの欲望を撫でる。

「ま、待って……」

止めようとするアルヴィンの手を払って、イヴリンが長衣をはだける。持ち主の意に反して、アルヴィンのそこはすっかりいきり立っていた。数百年を生きていても、悪魔としてはまだまだ若いのだからしかたない。

「この前はあんなに激しかったくせに、この私はお気に召しませんか？」

傷つくな…と言われて、焦った隙《すき》にイヴリンが身を屈《かが》めていた。

「いや、そういうわけじゃ……あわわっ」

滾った欲望が、ねっとりと甘い口腔に捕らわれる。

「イヴ……っ」

アルヴィンの好みを知り尽くした舌が、ねっとりと欲望を舐め上げる。この状態で、若いアルヴィンに我慢などきくはずがない。

毒と知りつつ、食らわば皿までの覚悟で甘い果実を食らってしまおうと、アルヴィンが決意を固めたタイミングだった。

「邪魔をする」

よく知る声が、アルヴィンの思考を唐突に冷ました。

いったいいつの間に現れたのか、ダイニングテーブルについたクライドが、悠然と血赤ワインを傾けているではないか！

「……っ!?　兄上!?」

ぎょっと目を剝いたアルヴィンと、アルヴィンのナニを咥《くわ》えたままのイヴリンと。

クライドの視線の先、自分がイヴリンに何をされているのかと、考えるまでもなくアルヴィンは固まった。

「気にせずつづけろ。私はここで待たせてもらう」

平然と言って、使役獣にワインを注がせる。

「兄上〜〜〜〜っ！」

できるわけないでしょう〜〜〜〜〜っ！　と雄叫ぶ、弟悪魔のまっとうな主張も、兄悪魔の鼓膜はスルーだった。

「ランバートのツテで魔界一の名医に調合させた薬を持ってきてやった。充分に楽しんでから飲ませればいい――」

皆まで聞き終わる前に、兄悪魔の言葉を遮っていた。

「それを早く言ってください！」

マタタビの効果を消す薬と聞いて、アルヴィンが目を剝く。

マタタビに酔った状態のイヴリンを存分に味わってから薬を飲ませればいいではないかと言うクライドを、アルヴィンは「すぐください！」と急《せ》かした。

陶然と行為に耽るイヴリンを多少強引に引きはがし、身なりを整えて兄の元へ。「よいのか？」と訝る顔の兄悪魔に、「薬は⁉」と詰め寄る。

「放っておいてもそのうち覚めると医者は言っていたが」と言いながら、クライドは懐から取り出した小瓶をテーブルに置いた。

藍色の遮光瓶のなかに、ごく少量の液体が入っている。

「これ、なんですか？」

薬は何からできているのかと問うと、クライドは「知らぬが仏だ」と、ニンマリと笑った。きっと冥界蛾《ガ》とか百足《ムカデ》青虫とか、聞いたら飲めなくなりそうなものが何種類も調合されているに違いない。量が少ないのは、エキスが煮詰められているからだろう。

「マタタビに酔わないものには、ただの精力剤でしかないが、黒猫族には効果覿面《てきめん》だそうだ。余分はないからな。大切に飲ませてやれ」

「ありがとうございます！」

ゴロゴロとすり寄ってくるイヴリンを片腕に抱いてあやしながら、アルヴィンは兄悪魔を拝まんばかりに礼を言う。

弟悪魔の喜ぶ顔を見て満足したのか、一陣の旋毛風《つむじ》とともに、クライドは一瞬のうちに姿を消した。あとに残されたのは、アルヴィンの手のなかの薬瓶のみ。

「イヴ、お薬だよ」

遮光瓶を掲げて言うと、イヴリンは「飲みたくない」と口を尖《とが》らせる。

「ダメだよ。元に戻らなきゃ」

苦そうだけど、我慢して飲もうと諭せば、いかにも不服気に眉間に皺を刻み、光彩を細めた碧眼で睨みあげてくる。

「この私が嫌いなのだな」

「そうじゃないよ。でも、本当のイヴじゃないって思うから――」

「こんな私は嫌いなのだな」

そう言って、ふいっとそっぽを向く。

相変わらず女王さまキャラなのだけれど、なぜだろう、ちょっとかわいいと思ってしまった。

小瓶のなかみに魔法をかけ、アルヴィンはイヴリンをそっと抱きしめる。

「どんなイヴも大好きだよ」

そして、噛《か》まれるのを覚悟で、イヴリンに口づけた。

「……んっ」

予想に反して、イヴリンの牙がアルヴィンに襲いかかることはなかった。かわりに、抱きしめた腕に爪がいくらか食い込んだ。

耳が震え、長い尾が何かを訴えるように揺れる。

口づけに応じるイヴリンの口中に、アルヴィンは瓶のなかみを注ぎ込んだ。そのように、先に魔法をかけておいたのだ。

「……っ！」

イヴリンの碧眼が見開かれ、コクリ…と喉が鳴る。
ややして、数度の痙攣。それから、腕のなかの痩身は、カクリ…と意識を飛ばした。

3

酔っぱらったら記憶が飛ぶのがセオリーではないのか？

なぜどうして、マタタビに酔っていた間の記憶がすべて綺麗に残っているのだろう。

「イヴ！　イヴ！　ここ開けて！　出てきてよぉっ！」

アルヴィンが部屋のドアをどんどんと叩いて呼んでいる。けれど、出られるわけがない。恥ずかしくて、もう死んでしまいたい。

意識を取り戻した後、自室に逃げ込んだイヴリンはというと、ベッドに飛び込み頭からブランケットをかぶった恰好で、目と耳を塞いで震えていた。

「ダメです！　無理です！　あんな……あんな恥ずかしい……っ」

いくらマタタビに酔っていたとはいえ、主であるアルヴィンに無礼を働いた上、クライドにあんな場面を目撃されてしまうなんて！

「平気だよ、兄上は気にしてないし、僕も気にしてないし！　だから出てきて！」

「恥ずかしくて、もうアルヴィンさまのお顔が見られません！」

こんな失態を犯してしまって、もはや執事として仕える資格などないと悲嘆に暮れる。

こんなことなら、恥を忍んで長老に助けを求めていたほうがずっとましだった。いくらマタタビの実に誘われたとはいえ、一度ならず二度までもその果肉を口にしてしまうなんて。修行が足りないとしか言いようがない。

なんてことだとイヴリンは頭を抱える。

黒猫族として、自分は有能な執事だという自負があった。アルヴィンに仕える以前、一族のなかで執事の心得を学んでいたときは常に主席で、どんな事態にも冷静に的確に対処できる自信があったのに……。

「お仕えする身でありながら、主を顎で使うなど、絶対にあってはならないことです。私は黒猫族の執事の歴史を汚してしまいました」

悔やんでも悔やみきれない。恥ずかしくて情けなくて涙も出てこない。

「そんな大袈裟《おおげさ》な……」

「大袈裟ではありません！」

執事の有能さは、仕える主の位や爵位に箔《はく》をつける。その逆に、執事が無能を曝せば、主に恥をかかせることにもなりかねない。それは巡り巡って、出身一族の評判にも繋《つな》がるのだ。

「どうか、私にお暇《いとま》を言い渡してください。後生です」

「な、なに言ってるの!? クビになんてできるわけないよ！」

イヴリンの言葉に、アルヴィンがぎょっと目を剝く。そして一層騒々しくドアを叩いた。

「もう私には、アルヴィンさまのお傍にある資格がないのです」

「だから大袈裟だって！ イヴは亜種マタタビを検分しようとしたんだし、間違ったことはしてないでしょう？」

だからそんなに気に病む必要はないのだと、アルヴィンが必死の説得を試みる。けれどイヴリンはかたくなだった。

「間違ってなくても、許されない失敗を犯したことに違いはありません」

「イヴ〜」

アルヴィンが、情けない声でイヴリンを呼ぶ。

主の前で執事の制服とも言うべき黒燕尾を乱したことも恥なら、猫耳しっぽの中途半端な姿を見られたのも一生の不覚だ。しかも、アルヴィンのみならずクライドにまで見られたとあっては、もはや恥どころの話ではない。

さらに、あんな場面まで……。

——〜〜〜〜〜っ！

恥ずかしすぎて言葉もなく、ブランケットのなかで身悶える。

自分はアルヴィンにあんなふうに扱われたかったのか？　あんなことをしたいと思っているのか？

マタタビの酔いは、深層心理を表層に押し出すものなのだろうか。

もしかすると自分は、封印が破られたときの理性を飛ばしたアルヴィンに、もう一度会いたいと思っているのかもしれない。

もっと好きにしていいのだと、なんでもしたいことをしていいのだと、誘ったのは、そんなアルヴィンを見たかったから……？

――私は、なんてことを……っ。

アルヴィンの封印が破られたりしたら、魔界は大変なことになるというのに。

イヴリンはブランケットを這い出し、窓の外――藍色の空に浮かぶ銀の月を見上げた。

「アルヴィンさま、申し訳ありません」

「イヴ!?」

エネルギーに満ちた月の光をめいっぱい浴びて、黒猫の姿に変化するやいなや、イヴリンはアーチ窓から跳躍する。

「もうお傍にはいられません！」

実家に帰らせていただきます！　と、決定的なひと言。額に三日月をいただく美しい黒猫の姿は、魔界の闇に瞬く間に溶けて、その気配ごといずこかへ消えた。


「イヴ？」

イヴリンの気配が部屋から消えたのを感じ取って、アルヴィンはドアを蹴破った。

「イヴリン!?」

ベッドの上には、イヴリンが着ていた白いシャツが一枚残されているだけ。アーチ窓の向こうには銀の月。

「イヴ!?　イヴリン!?」

どこへ行ったの？　帰ってきて！　とアルヴィンが懇願しても、返す声はない。

「イヴ……」

イヴがいない。そう思っただけで、アルヴィンの腹の奥から、ふつふつと沸きたつものがあった。

クライドがイヴリンのためにと届けてくれた薬。

あれをイヴリンに口移しで飲ませるときに、イヴリンに気づかれないように魔力を使ったが、あのときにいくらかアルヴィンも薬を飲んでしまっていた。

魔界生物のエキスをぎゅうっと凝縮した薬だ。魔力をコントロールするために、魔界の食べ物を適量以上口にすることのないよう封印を施されているアルヴィンにとって、少量のエキスであっても劇薬に匹敵する。

たしかにクライドの言う精力剤という表現は間違っていないが、放出されるエネルギーが膨大となれば、もはや精力増強などと笑っていられなくなる。

「イヴリン、どこへ……」

アルヴィンの金の瞳が、ギラリ…と強い光を宿した。

イヴリンの存在が傍にありさえすればなんてことのない薬効が、イヴリンの気配が消えたことで、アルヴィンの内で正しく作用しはじめたのだ。

「イヴリン……離れることは許さないと言ったはずだ……」

声のトーンが変わった。

唐突なエネルギーの奔流。

アルヴィンの長い髪をまとめている組み紐《ひも》が千切れ、金細工のタッセルが砕け散る。長い黒髪がエネルギーの放出によってふわり…と舞い、それは徐々に揺らぎを増した。

アルヴィンを、金色のオーラが包み込む。

イヴリンの気配を追って、金の瞳が魔界の夜空を見上げる。銀の月の浮かぶ藍色の空が、今は赤く染まっている。すべて、アルヴィンのエネルギーの影響を受けてのことだ。

『もうお傍にいられません』

イヴリンの声が鼓膜に蘇《よみがえ》る。

アルヴィンの金の瞳がスッと眇められる。次の瞬間、その姿は館を揺らすほどの突風とともに消えていた。


クリスタルの森の入り口近くまで一気に跳躍してきたのは、あのマタタビの木を始末してしまおうと考えたからだった。

イヴリンの魔力では、封印はかなわない。ならば、ほかの黒猫族に害が及ぶことのないように、始末するに限る。黄金マタタビや蜜酒マタタビと違って、この亜種はあまりに危険すぎる。

額に三日月を戴く黒猫の姿で、イヴリンは奇怪な姿をしたマタタビの木を見上げた。

アルヴィン自身は気づいていないようだが、ウェンライト伯爵家の周辺に新種の魔界植物がよく育つのには、多分にアルヴィンの魔力の影響がある。

消化しきれない強いエネルギーが、周辺環境にまで影響を及ぼしているのだ。それがいいのか悪いのかはわからないとクライドは言った。それは、大魔王さまのお言葉でもあるらしい。

アルヴィンが秘めた強大な魔力の影響を受けているのなら、悪さをしない魔界植物に育ってもよさそうなものだ。

あるいは、このマタタビの出現には意味があるのだろうか。たしかに果実としてはおいしいけれど……。

そんなことを考えながら、イヴリンは亜種マタタビの木の周囲をぐるっと巡った。

この植物にも命がある。

できれば処分なんてしたくない。

でも……。

意識をマタタビの木に同調させる。

おまえはどうしたい？　と尋ねようとしたときだった。

銀色の月を、鳥のような陰が横切った……と思った次の瞬間、イヴリンの碧眼がこの世の果てまでつづく藍色の空の彼方に、緋色のエネルギーを放つ巨大なドラゴンの姿を捉える。

だがそれもほんの一瞬、まるで幻影のように、瞬《まばた》きの間に姿を消し、次に碧眼が捉えたのは、爛々《らんらん》と輝く金色の瞳だった。

「……っ！」

黒猫姿のイヴリンの首根っこを摘《つま》み上げて、己の顔の高さに掲げ、すぐ間近に見据える金の双眸《そうぼう》。

金色のエネルギーをまとい長い黒髪をなびかせたアルヴィンが、イヴリンの碧眼を間近に見据えている。

「アルヴィン…さま……？」

四肢の力が抜け尻尾を丸めた恰好で、イヴリンは強い輝きを宿した主の瞳を見上げた。

いつものアルヴィンとはまるで違う険呑な眼差《まなざ》し、圧倒されるようなエネルギー、そして慇懃《いんぎん》な口調。

「捕まえたぞ」

どこへ行くつもりだったのだ？　と、低い声が問う。イヴリンはまさか…と碧眼を瞠った。

「封印が……」

さきほど一瞬視界を過ったドラゴンのシルエットは幻影ではなかったのか？

けれど、エネルギーの放出は、以前に見たような地響きすら起こしかねないほどの激しいものではない。

完全に封印が解けたわけではないのだろうか。けれど、封印が解かれなければドラゴンに変化はしないはずだ。

イヴリンの驚嘆の表情を愉快気にうかがって、アルヴィンはいったいなんの話だと言わんばかりに

「封印？」と、面白くなさそうに呟く。

「大魔王が余計なことをしてくれたものだ」

忌々しげに吐き捨てる、その表情は傲慢《ごうまん》でオレサマで、何者をもひれ伏させるに充分な迫力を醸している。

小型魔獣たちの食物連鎖で常にざわざわしている森の近くにあって、今は奇妙なまでに周囲が静かだった。アルヴィンの放出する圧倒的なエネルギーに恐怖して、魔獣たちが姿を隠してしまっているのだ。

「アルヴィンさまっ、お放しくださいっ」

じたじたと暴れても、急所である首根っこを摑まれていては四肢に力が入らない。ろくな魔力も使えない。

「その姿のまま犯されたくなければおとなしくしていろ」

「……っ！」

思わずビクリッと長い尾を逆立てると、アルヴィンは愉快そうに口角を上げた。

「そうだな……それも面白そうだ」

酷薄な視線をよこされて、イヴリンは全身の毛を逆立て、震える。

「……御冗談を……」

「この俺が冗談を言うとでも？」

舌舐めずりをして返す、その表情が本気だと告げていた。

「お、おやめください……っ、アルヴィンさま……っ」

「黙れ。きさまのすべてが俺のものだ。口応《くちごた》えは許さん」

そのまま下草の上に転がされるかと思いきや、アルヴィンは一瞬のうちに館の居室に跳躍する。

天蓋つきのベッドに放られ、黒猫姿のイヴリンは小さな軀《からだ》を跳ねさせた。

己の意思で変化を解こうにも、アルヴィンの魔力に押さえつけられているのか自由にならない。

手を伸ばされて、ささやかな抵抗とばかり爪を立てるイヴリンを、アルヴィンは愉快だとばかり喉を鳴らして笑う。

「かわいらしいものだな」

「みぎゃっ」

ベッドにぺしゃりっと押さえつけられて、イヴリンは唯一自由になる長い尾を鞭のように振りまわした。

だがその尾をむんずと摑まれて、四肢の力が抜ける。

首根っこほどではないものの、尾も黒猫族の急所のひとつで、摑まれると軀の力が抜けてしまうのだ。逆に撫でられれば、ゴロゴロと喉を鳴らしてしまうほど感じる場所でもある。さらには、感情表現もつかさどっている。

「ふにゃ……」

くたり…とシーツに沈み込んだイヴリンの首に、アルヴィンがすっと指を滑らせる。すると、それまで何もなかった場所に、鍵《かぎ》のついた首輪が現れた。

「これ…は……」

首輪が外せないだけではない。鈴のかわりにぶら下がる鍵には、もっと別の意味がある。

「これでもう、おまえは俺から離れることができない。一生飼ってやるから覚悟しろ」

つまりは、拘束する魔力を具現化したものということらしい。

「アルヴィンさま……」

金の瞳がスッと細められる。

黒猫姿のイヴリンは、片手でひょいっと抱えられてしまった。

大きな手が腹を撫で、喉を擽る。

ごろにゃんっと言ってしまいそうになる。

だが、うっとりとしている場合ではない。アルヴィンの瞳には、嗜虐的な光が宿っている。

「変化した黒猫族は小さいな」

できるのか？　と、不穏な呟きを落とされて、イヴリンは青くなった。

「や……っ、放してくださいっ」

みゃーみゃーと暴れて爪を立てようとすると、「危ないな」と愉快そうな声。そして魔力でシーツに押さえ込まれてしまう。

「おとなしくしていろ」

「うみゃ……ぁっ」

姿の見えない手に軀じゅうを嬲《なぶ》られて、イヴリンは身悶える。

「あ……ぁっ、や……アルヴィン…さまっ」

「何が嫌だ？　さきほどは楽しそうに咥えていたではないか。酷《ひど》くされるのが好きなのだろう？　こういうことがしたくてたまらないのではないか」

「ひ……ぁっ！」

姿のない何かに後孔をぐりぐりと抉《えぐ》られて、イヴリンは長い尾を立て全身の毛を震わせて、ひくひくと四肢を痙攣させた。

「舐めろ」

牙を立てるなよ…と、いきり立ったアルヴィン自身に奉仕するよう促される。命じられるままにイヴリンは淫液《いんえき》を滴らせる欲望に小さな舌を這わせた。

ピチャピチャとミルクを舐めるように欲望をしゃぶる。倒錯的な光景に、アルヴィンは愉快そうに目を細めた。

「あ……ぁっ！　は……っ！」

姿の見えない何かに頂へと追い立てられ、イヴリンはしなやかな四肢を痙攣させ、果てる。それでも命じられるままにアルヴィンへの奉仕をつづけた。

「ふ…ん、やはり猫の姿のままではつまらんな」

ぽんっ！　と弾ける音とともに変化を解かれ、イヴリンは情欲に染まった肢体をベッドに投げだした。

白濁に汚れた局部と、つんと尖った胸の飾り。

アルヴィンが指を滑らせると、両手首にも拘束具がはめられ、足首には鎖。貴族にかこわれる性奴隷のような恰好で両脚を大きく拓かされ、潤んだ局部を曝した。

「いい姿だな」

言うなり、長い指が後孔に突き入れられ奥深くを抉る。

「ひ……っ！」

ぐりぐりと内部を刺激され、乱暴に抜き挿しされて、欲望が震える。

「あ……ぁっ、ダメ……ぇっ」

感じる場所を押し上げられて、こらえる間もなく欲望が弾けた。アルヴィンの指を咥え込んだ場所

がひくひくと淫らに蠢《うごめ》く。

「いやらしい身体だ。箍《たが》の外れた黒猫族は、蛇蜥蜴《トカゲ》族や黒蝶《ちょう》族の比ではなく淫らだな」

日ごろがストイックなぶん、ギャップが厭《いや》らしいと嗤《わら》われる。

「そんな……こと……は…ぁっ！　あ…んっ！」

長い指が引き抜かれ、より大きく太腿を拓かされて、蕩けた場所に舌が這わされる。

後孔にあふれる蜜を啜って、アルヴィンは「甘露だな」と口角を上げた。揶揄《やゆ》でしかない言葉が、瘦身を羞恥に染め上げる。

「いや……ぁっ、ふ……んんっ！」

舌先で浅い場所を舐《ねぶ》られ、長い指に深い場所を刺激されて、イヴリンは甘ったるい喘ぎに白い喉を震わせた。

前をいじりたいのに、手首にはめられた拘束具は、イヴリンの両手を頭上に留め置いてゆるまない。

両足首に絡む鎖は、白い肢を淫らに拓かせ、閉じることを許さない。

肌に食い込む拘束具の痛みすら快感にすり替わって、イヴリンは啜り啼く。その様子を目を細めて見やって、アルヴィンは蕩けきった場所に、欲望を押しあてた。

切先で蕩けた入り口を擦り上げ、煽《あお》りたてる。

「あ……ぁっ、いや……っ」

熱く硬い欲望は、潤んだ入り口を擦るばかりで、深く穿《うが》とうとしない。感じる場所を、擦り上げてくれない。

「なん…で、ひ……ぁっ！」

自ら腰を押しつけるように揺らしてしまう。けれど、目に見えない力で拘束された痩身は、自由にならない。

「おね……が……っ」

熱くて太くて硬いもので一番深い場所まで抉ってほしいと、イヴリンは上気した頬を淫らな涙に濡らした。

「アルヴィン…さま……っ」

早く……と、ねだる。

アルヴィンはますます愉快そうに、腰を押しつけてくるものの、それだけ。

「これが欲しいのか？」

「欲…し……っ」

硬い切先が、浅い場所をぐりっと抉る。途端イヴリンの喉から嬌声《きょうせい》が迸《ほとばし》った。

「あぁ……んっ！」

滾った欲望の先端からは、はたはたと情欲があふれ、根元までを濡らす。

「ならば誓え」

欲しいのなら誓えと、誓えば与えてやると、取り引きをもちかけられる。だがそれは、強制的な命令だ。意思まで操られずとも、脅迫に近い。

けれど今のイヴリンにとっては、どうでもいいことだった。体内に渦巻く熱を解放したくて、疼《うず》く奥深くを抉られたくてたまらないのだ。

「何があっても傍にあると。二度と出て行くなどと、冗談であっても口にすることは許さん」

「だ…って、……ひっ！」

アルヴィンの望まない言葉を返そうとすると、拘束の首輪がギリリッと締まった。人型をとるとき姿の見えないそれは、アルヴィンにしか解くことのかなわない鎖だ。

出て行くと言ったのは、恥ずかしくて、もはや顔を合わせられないと思ったから。好きだから、ずっとともにありたいからこそ、見られたくない姿だったからだ。

「言い訳はいらん」

「あぁ……っ！」

浅い場所をぐるっと抉られる。爛《ただ》れた内壁が絡みつこうとするのを許さず、アルヴィンは身を引いてしまう。

耐えかねたイヴリンは、ふるるっと頭《かぶり》を振って、広い背に縋りつこうと手を伸ばそうとした。——

ものの、拘束具に捕らわれていて自由にならない。じわり…と、碧眼に涙が滲んだ。贓られるのはかまわないけれど、抱き会えないのは悲しい。

「誓い…ます、ずっとお傍に……っ」

コクコクと頷きながら、アルヴィンの求める言葉を口にしていた。

「何があってもずっとだ」

もう二度と、何があったとしても、たとえ執事として勤められなくなったとしても、伴侶としてアルヴィンの傍にあることを約束させられる。

「は……い」

はやく…とねだるように身体をくねらせながら頷く。それでもまだ足りない様子で、アルヴィンは念押しした。

「執事でなくとも、どんな姿になっても、ともに魔界の塵《ちり》と消えるまで、だ」

いいな、と再三の確認。

「ずっと、一生、お傍にあります！　アルヴィンさま……っ」

四肢の拘束が解かれ、イヴリンはアルヴィンの首に縋りついた。――と同時に、後孔を一気に貫かれる。

「ひ……ぁっ！　あぁ……っ！」

押し出されるように欲望が弾けた。敏感になった内部を、アルヴィンの剛直が激しく抉る。

「イヴ……イヴリンっ」

呻くように名を呼んで、アルヴィンが突き上げを激しくする。

「は……ぁっ！　や……ぁっ、い……いっ！」

広い背に爪を立て、自ら噛みつくように口づけて、イヴリンは欲望を貪った。その肉体の隅々までを味わいつくすかに最奥《さいおう》を穿ち、白い肌に情痕《じょうこん》を刻んで、甘い唇を塞ぐ。

「あぁ……っ、――……っ！」

悩ましく背を撓らせて、イヴリンは渇いた喜悦に翻弄《ほんろう》される。思考が白く染まるほどの頂に追い上げられて、ビクビクと全身を痙攣させた。

「……っ、イヴ……っ」

低い呻きとともに、アルヴィンの情欲がイヴリンの最奥で弾ける。奥深い場所を汚される快感に余韻を引きずられ、イヴリンは思考を白く染めた。

力を失った肉体を、力強い腕が抱きしめる。

「イヴリン」

顔じゅうにふらされる口づけ。じゃれるように唇を啄むキス。愛しむように全身を這う大きな手の感触。

「アルヴィン…さま……」

もっとキスをねだれば、しっとりと合わされる唇。乱れた髪を梳《す》く指の感触にも首筋が震える。

心地好いばかりのそれらに眠りの淵《ふち》に引きずり込まれ、イヴリンは重くなった瞼を伏せる。

温かく広い胸に抱き寄せられたのがわかった。

それに応えるように広い背に腕をまわす。

四肢をからめ、鼓動を合わせて、ひとつになって眠った。


前にも同じ光景を見た気がする。

イヴリンは頭までブランケットをかぶった恰好で、しくしくえぐえぐとベッド脇《わき》で繰り広げられる、永遠につづくかに思われる、恥ずかしすぎる懺悔《ざんげ》を聞いていた。

「ごめんなさい、イヴ。もう二度としないって誓ったのに、僕またあんなこと……イヴが色っぽかったからって、あんなことさせて……兄上にも見られちゃって……。ごめんね、本当に本当に二度としないから、お願い、顔見せて」

うぇぇぇぇんっ！　と、すっかり正気に戻ったアルヴィンが子どものように泣く。

泣きたいのはこちらのほうだと、イヴリンは胸中で長嘆をつくものの、喘ぎすぎた声が枯れていて、喋《しゃべ》るのも恥ずかしい。

「なんでかなぁ？　イヴリンがいなくなるって思ったら、頭に血が昇っちゃって、あんなこと……ごめんね、痛いよね？　大丈夫？」

拘束具でイヴリンを縛ったことを言っているのだ。イヴリンの四肢には、拘束具に擦れた痕がくっきりと残っていて、痛々しいというよりたまらなく淫靡《いんび》だ。

拘束具で縛られたのも恥ずかしかったが、イヴリンとしてはそれ以上に、猫の姿のまま嬲られたのがたまらなかった。

まさしく獣の恰好で姿なき欲望にいたぶられるなんて……そういうのを好む悪魔もいると聞くが、普段のアルヴィンからそういった嗜好は感じられなかったから、恥ずかしい以上に驚いたというのが本当のところだ。

封印が解けかかったのか、単純にキレただけなのか、よくわからないけれど、アルヴィンの二面性にはギャップがありすぎる。

「イヴ、お願い、顔見せて」

ブランケットの上からだるい痩身を揺すられて、イヴリンは観念した。

たぶん耳まで赤いだろう顔をそっと出すと、しょげきっていたアルヴィンの顔がパァァッと綻ぶ。

「イヴ！　よかった！」

「アルヴィンさまっ」

ぎゅむっと抱きつかれて、イヴリンはシーツに沈んだ。

イヴリンの顔じゅうにキスをふらせ、「ごめんね」「もうしないから」と繰り返す。

そういえば、意識を失う直前、我を忘れた状態にあるはずなのに、オレサマなアルヴィンも、ずっとキスをしてくれていたなぁと思いだした。

オレサマで、横柄で、酷いことをしても、でもアルヴィン本来のやさしさがすっかり消えてしまったわけではないのかもしれない。

「アルヴィンさまっ、苦しいですっ」

息ができないと肩を叩くと、今度は頬がすり寄せられ、自分こそ猫のようにゴロゴロと懐かれる。

「重いですっ」

掠れた声で不服を申し立てると、アルヴィンが上体を起こした。

途端、肩透かしを食った気分にさせられる。

こういうときは、もっと体重をのせて、ぎゅっと抱きしめてくる場面ではないのか。本当に空気が読めないのだから困る。

「ごめんね」

ちゅっと唇に落される淡いキス。

それだけで、先に湧いた不服も消えるのだから我ながら困ったものだ。

「でもよかった、イヴがもとに戻って」

それはこちらのセリフだと思ったけれど、イヴリンは口にしなかった。アルヴィンの封印については、あれこれ言及しないほうがいい気がする。きっと大魔王さまはすべてお見通しで、危険だと思えば何か手を打たれるだろう。

「あのマタタビは、大魔王さまにお願いして禁忌指定してもらったから。きっとあれ以上は増えないと思うし、新しい実もみのらないよ」

すでに実っている果実はそのままだが、新たな実は実らないという。魔界植物には、そういうことが可能なのだ。

「美味だからこそ、禁忌なのですね」

あの甘い香りの誘惑を、振り切れる悪魔は少ないだろう。

「僕は全然平気だったけど……でも、またどんな進化をするかわからないもんね」

生まれたときのままの性質でずっとあるわけではない。魔界植物のなかには進化するものが存在する。

「ご心配をおかけしました」

執事の不在によって生じた館の不具合は、己の手で収拾をつけなければ…と言うと、アルヴィンは「少しゆっくり休みなよ」とイヴリンを気遣ってくれる。

「僕はイヴが傍にいてくれるだけでいいんだ」

そう言って、ブランケットごとイヴリンを抱きしめた。甘える仕種《しぐさ》に、イヴリンの眦《まなじり》がゆるむ。

「アルヴィンさま」

長く艶やかな黒髪を撫でて、旋毛にキスを落とす。そして、少しだけ己の欲望に素直になってみることにした。

「お願いがあるのですが」

甘い声で耳朶に囁《ささや》くと、アルヴィンは驚いた顔を上げた。

「僕に？　イヴが？」

僕にできることがあるの？　と金の瞳をキラキラさせる。

「湯を使いたいのです。その……一緒に……」

言われた言葉を噛み締めるように瞳を瞬くことしばし。アルヴィンは勢いよく身体を起こして、ブランケットごとイヴリンをその腕に抱き上げた。

「洗いっこしようね」

子どものように邪気のない顔で、ニッコリと、不埒な提案。

あまりに無邪気すぎて、怒る気も起こらない。ひたすら愛しいだけだ。

「トリートメントをして差し上げます」

アルヴィンの黒髪をひと房すくって口づける。もの欲しげな金の視線に苦笑を誘われて、唇にも。

館に設けたジャングルのような大きな浴場で、プールのように広い湯船にくっつきあって浸《つ》かりながら、ふたりは何度も口づけ、飽きることなく抱き合った。

すっかりラヴラヴな主と執事を横目に、振りまわされた感の否めない使役獣たちは、ひとときの静けさとばかり、安眠をむさぼる。

小蛇のデューイはというと、蜷局サラマンダーに習ったことを復習しすぎてガス欠を起こし、パントリーの食器棚の片隅で、丸くなって半冬眠状態で固まっていた。

4

ダイニングテーブルにイヴリンの手料理がズラリ…と並んで、年代物の血赤ワインとウェンライト伯爵家の館周辺でしか穫れない紫林檎《リンゴ》からつくったアメジスト色のシードルと、魔界の食材でつくったバウムクーヘン。

すべて、突然やってきた兄クライドをもてなすために、イヴリンが慌てて用意したものだ。

あのあと、ライヒヴァインの館に、アルヴィンと揃ってあいさつにいかなくては…と思ってはいたものの、どうにも恥ずかしくて腰が重く、つい先延ばしになっていたのだ。

なんといってもあんな場面を見られているのだ。すでにクライドの記憶になかったとしても、アルヴィンが気にしていなくても、イヴリンはいたたまれない。

そんなわけで、山のように摘み取ってしまった亜種マタタビの実の始末もそのままに、ひとまず日常をすごしていた。

アルヴィンの封印の件について大魔王さまの召還もないし、亜種マタタビの一件も、アルヴィンから禁忌指定されることになったと聞きはしたものの、最終的な裁定については、いまだイヴリンの耳には届かない。正式な決定事項なら、大魔王さまのサイン入りの羊皮紙でできた書状が届くはずなのだ。

どうなったのだろうかと気にしはじめたタイミングで、それらの報告を手に、クライドがやってきたというわけだ。

本来ならこちらが出向くべきなのだが、末弟アルヴィンをかわいがっているクライドは、ウェンライトの館が気に入っている様子でちょくちょくやってくる。今回も、弟の様子を見るついでとばかりにやってきたのだろう。兄弟ならではの気やすさだ。

「今年はアメジスト・シードルがとてもいい出来なんですよ。今度お土産に持っていこうと思っていたんです」

兄悪魔に酌をしながら、アルヴィンがニコニコと言う。

「ふむ。いい香りだ」

「でしょう!」

イヴリンがつくったものを誉められるのが、アルヴィンはいっとう嬉しくてしかたないのだ。

「黒海老《えび》のカクテルとよく合うんだよ。あとね、七色オリーブの塩漬けとか」

テーブルの上の料理を勧めながら、アルヴィンもシードルを呷《あお》る。

「うん！　おいしい！」

　大きく頷いて、それからほかの料理の皿も「ぜんぶおいしいんです」と兄に勧めた。

　アルヴィンは悪魔界の生き物をあまり口にしたがらないけれど、冥界山羊のカツレツも、極悪鳥の丸焼きも、貴族の宴にはなくてはならない定番料理だ。

　長い長いダイニングテーブルに並ぶ皿に、冥界山羊のミルクを使ったプリンやマフィン、シュークリームなどの焼き菓子の割合が多いのは館の主であるアルヴィンの好物だから。主の好物を客人に振る舞うのも、悪魔の宴の定番中の定番なのだ。

　どれもこれも、ガス欠から復活したデューイを肩に、イヴリンが腕によりをかけた料理ばかり。

　イヴリンが戻ったのが嬉しくてならない様子のデューイは張りきって火を噴き、日常を取り戻した使役獣たちもご機嫌よく働いてくれた。

　おかげでクライドをさほど待たせることなくダイニングテーブルを調えられたのはよかったが、執事として改めてアルヴィンの一歩後ろに立ち、クライドと向き合うと、やはりどうにも居心地の悪さに襲われる。クライドが言及しなくても……いや、何も言ってくれないから余計に気になるのだ。

「兄上のおかげでイヴも元に戻ったし、お礼しに行かなくちゃって、イヴとも話してたんですよ」

　主に習って、イヴは深々と腰を折る。

　それを片手で制して、兄悪魔は「そのことで参ったのだ」とグラスを置いた。

「あの亜種マタタビは禁忌に指定された」

そう言って、クライドは大魔王さまのサイン入りの書状をテーブルに置いた。丸められ蠟封《ろうふう》のされたそれは、許されたものにしか開封することができない魔法がかけられている。

「万が一、黒猫族以外にも麻薬の効果が出ないとも限らないとなれば、あとは観賞用にしかならんだろう。収穫した実も封印される」

イヴリンが二個目のマタタビを食べてしまったときに、山ほど亜種マタタビの実をもいできてしまった。

魔界の植物は放っておいても枯れも腐りもしないが、だからこそ危ない。

アルヴィンにはただの果実でしかないようで、美味であることを思えば封印されてしまうのは惜しい気がするが、大魔王さまの裁定は絶対だ。

「大変ご迷惑をおかけいたしました。二度とこのような失態は――」

「私に言うことではない。貴様が仕えるのはアルヴィンだ」

恐縮するイヴリンを諫めて、クライドは「残りの実を持て」と命じた。アルヴィンが頷くのを確認して、イヴリンはパントリーからマタタビの実をおさめた籠《かご》を瞬間移動させる。

さまざまな模様の大小の実が、ふるるっと揺れた。そして甘い香りを放つ。

「酔わされてくれるなよ」

クライドに言われて、イヴリンは背筋を正し、二度と誘惑の声に負けまいと、決意を新たにした。

「心得ております」

亜種マタタビが生まれた理由がアルヴィンの秘めた強大な魔力にあるのだとすれば、今後も似たようなことが起きるかもしれない。マタタビほど厄介な植物は生まれないかもしれないし、逆にもっと面倒《めんどう》なものが生み出されるかもしれないけれど、次こそ正しく対処しなくては。

「でもなんでこのあたりには変わった植物が多いんだろう？」

自分の力が影響を与えているとは考えもしないアルヴィンが首を傾げる。

「ここは辺境だからな」

田舎だからだろうとクライドに言われて、アルヴィンは「そうかなぁ」と腕組みをして唸《うな》った。

「まぁよい。また妙なものを見つけたときには、うかつに口にせんことだ」

そう言って、クライドが腰を上げる。

「もうお帰りになられるのですか？」

もっとゆっくりしていけばいいのに…と不服気に言うアルヴィンに、クライドは「馬に蹴られるなと、ランバートに忠告されたのでな」と、揶揄を返した。

途端、イヴリンの白い頬が朱に染まる。

「兄上っ」

苦情は受けつけないとばかりに、一陣の旋毛風とともにクライドは姿を消した。同時に、籠に山と積まれていた亜種マタタビの実も消える。

アルヴィンは少しだけ惜しそうな顔をしたものの、それ以上の安堵に駆られて、ほうっと息をついた。

「イヴ、ごめんね、せっかく用意してくれたのに」

残りは全部自分が食べるから、と言うアルヴィンに、イヴリンは「お腹《なか》を壊さないように」と微笑む。

「クライドさまにご満足いただけたのであれば、私はそれだけで」

そして、「お茶をお淹れいたしましょう」とパントリーに向かおうとすると、腰に伸ばされたアルヴィンの腕がイヴリンを止めた。

「アルヴィンさまっ」

アルヴィンの膝に横抱きにされて、イヴリンは慌てた。

「一緒にお茶にしよう」

お茶の用意は使役獣に命じて、一緒にお茶の時間にしようと言う。

ダイニングテーブルには、イヴリンが焼いたお菓子が並んでいる。アルヴィンのために、人間界のお菓子に模してつくったものばかりだ。

「では、デューイに火を熾してもらいましょう」

沸き立ての湯でなければお茶はおいしく淹れられませんから、とイヴリンは使役獣にお茶の準備を命じた。

ゼブラ模様のテンたちが、頭にティーポットやティーカップを載せて運んでくる。クライドが土産にくれたお茶っ葉は七色鶫《ツグミ》が運んだ。

燭台を引き寄せて、ポットの湯を沸かす準備をする。

「デューイ」

火をお願いと、イヴリンが言えば、いつもは喜び勇んで跳ねてくるデューイから返事がなくて、イヴリンは首を傾げた。

「デューイ？」

「いないの？」

「返事がありません」

どうしたのか…と、館じゅうに意識を巡らせて、イヴリンはそれに気づいた。

「デューイ!?」

クライドが持ち去った亜種マタタビの実が入っていた籠の底、わずかに残った齧《かじ》りとられたマゼンタピンクの果肉と、そしてきゅうっと目をまわした小蛇のデューイ。

「……うそっ」

食べちゃったの!? と、アルヴィンが青くなる。

「デューイ!? しっかり!」

イヴリンが白い手で抱き上げると、デューイはボッと不完全燃焼の火を吹いて、そしてまたもガス欠を起こしてぴきんっと固まった。本能的に危険を察して冬眠状態に入ったのか、それとも、これもマタタビの影響なのか……。

あれだけ大騒ぎしていたのだから、デューイが興味を持つのもいたしかたない。とはいえ、もうこれ以上の騒動は勘弁だ。

「……」

「……」

ふたりは顔を見合わせ、たらり……と冷や汗を滴らせて、蛇蜥蜴族に亜種マタタビの効果がないことを、目をまわしたデューイが意識をとりもどすまで、ただひたすら祈るよりほかなかった。

広い広い悪魔界の中心に位置する、公爵の館。

末弟の館から問題の亜種マタタビを山ほど持ち帰ったクライドは、しかし我が館にも以前にアルヴィンが持ち込んだ実がひとつ、残されていたことにいまさら思い至った。

そしてこの館にも、マタタビに酔ってしまう黒猫族がいることも……。

「うにゃぁんっ」

ごろにゃんっと、奇怪なマタタビの実にじゃれつく仔猫が一匹。クライドの帰宅を待っていた。

「……」

思わず唸って、ずきずきと痛むこめかみを長い指でもみ、クライドは一瞬の現実逃避を試みる。

零れるのは、濃い疲れを滲ませた長嘆。

公爵閣下がいかにしてこの事態の解決をはかったかは、またいずれのお話に。

デューイの野望

高い塔を有した荘厳な館を持つことができるのは、上級悪魔だけだ。そして、黒猫族の執事を持つことができるのもまた、貴族位を持つ上級悪魔のみ。

上級悪魔になって黒猫族の執事を侍《はべ》らせる日を長年夢見てきたけれど、ついにこの日がきた。デュークは胸中で感涙にむせびながら、この先何千年、何万年と、傍《そば》に置くことを許された美しい執事を呼び寄せる。

「イヴリン、これへ」

「はい、ご主人さま」

ご主人さま……！

なんと甘美な響き……！

ひんやりと熱を吸い取るかに美しいアパタイトブルーの瞳と、艶《つや》やかな黒髪、長い尾はしなやかに揺れて歓喜を表し、髪の間から覗《のぞ》く耳が、羞恥《しゅうち》にだろうか、ぴくぴくと震えている。

「緊張することはない。近こう寄れ」

「……はい」

気恥ずかしげに伏せられた長い睫毛《まつげ》が震えている。

抜けるように白い肌がうっすらと朱に染まるさまの、なんとなまめかしいことか。

傍らに立った執事の白い手をとり、指の一本一本の美しさを愛《め》でるかに撫《な》でる。冷たく見えて敏感な肌は、すぐに隠微《いんび》な反応をみせた。

「あ……」

小さく漏《も》れる吐息が濡《ぬ》れている。

ストイックに見せてその実、快楽に従順で、いったん相手に心を開き溺《おぼ》れれば、どこまでも淫《みだ》らなのもまた、黒猫族の気質だ。

だが、貴族に仕えることを生業《なりわい》とする種族でありながら、気位が高いのも黒猫族の特徴だ。ただひとりの主と定めた相手にでなければ、真に心を開くことはない。

真に心を開かなければ、ストイックな冷たい肌が、桃色に染まることもない。

手を捕られた恰好《かっこう》で、執事は白い肌を情欲に染め、いまにもくずおれそうになっている。なんと愛《いと》しいことか。

「あ……っ」

小さな悲鳴を上げる痩身《そうしん》を膝《ひざ》に抱きよせる。

「いけません、ご主人さま」

「かような反応をしながら、なにを言う」

「ですが……」

羞恥に染まる頬《ほお》をひと舐《な》めすれば、薄い肩が震えた。膝頭をすり合わせ、身体の芯《しん》から湧《わ》きおこる喜悦に痩身を震わせる。

「ご主人さま……」

媚《こ》びを帯びた声がねだる。

「淫らなことだな」

朱に染まる耳朶《じだ》に揶揄《やゆ》を落とせば、「恥ずかしい……」と瞳が伏せられた。

「言わないで……」

そろり…と、白い手が首にしがみついてくる。

執事の制服ともいえる燕尾服の襟元を乱せば、暴いてくれと言わんばかりに白い肌がしっとりと上気していた。

その場所を、またペロリ。

甘い。甘くて、旨《うま》くて、たまらない。

「ああ……っ」

甘ったるい声が上がる。

ペロペロ、ペロリ。

「あ……んっ」

感じ入った声に誘われて、さらにペロペロペロペロ。

「ふふ……くすぐったい……」

……ん？

くすぐったい？

そんなわけはない。

もっと……！　とか、イイ……！　とか、そんな声が上がらなければおかしい。

ペロペロペロペロ、カプリ！

「ふふ……悪戯《いたずら》っ子だね」

子？　上級悪魔を、餓鬼《ガキ》あつかいとは……！

執事の風上にもおけん！　お仕置きしてやらねばなるまい！

そうだ。執事服を引きちぎり、鎖に繋いで辱《はずかし》め、淫らな言葉をアレもコレも言わせて、あーんなこともこーんなこともさせて……。

「イヴリン……」

猫耳しっぽの恥ずかしい姿のまま、執事として傍に置くのだ。

誰よりも美しいイヴリン。

聡明で心根やさしくて、けれど悪魔としての冷徹さも持っている、黒猫族一の執事。

今や、上級悪魔の誰もが、いつか我が手にと、食指をそそられている、執事のなかの執事。

ようやく手に入れたのだから、もう絶対に手放さない。

こうして、ぎゅうぎゅうと抱きしめて、ペロペロ舐めて、舐めつくして、それから……。

「デューイ、お腹空いてるの？」

お腹？　うん、空いてるかもしれない。

「でも、私は食べられませんよ」

食べられるよ。

アルヴィンのバカは、毎晩毎晩食べてるじゃないか！

美味《おい》しそうに、イヴリンの白い肌を舐めまわして、あんあん言わせて、奥の奥まで食いつくしてるじゃないか。

甘くて美味しいって、鼻の下伸ばしまくってる。

もう！　ホント羨《うらや》まし……いや、憎たらしい！

ボクだって！　ボクだって……！

「イヴリン……おいしいですぅ……」

そこでようやく目が覚めた。

「イヴリン……？」

すぐ間近に、笑みを浮かべたイヴリンの宝石のような碧眼《へきがん》。

「おはようデューイ、甘えて……どうしたの？」

怖い夢でも見ましたか？　と、白い指が、デューイの喉を擽《くすぐ》る。

「あれぇ？」

あれれ？　上級悪魔になって、イヴリンを執事にして、夢にまでみた、あんなことやこんなことをしていたはずだったのに。

デューイは、イブリンの手のなかで、指にきゅううっと巻きついた恰好で、その指をペロペロと舐めていた。

「寝ぼけてるの？」

ふふ……っと微笑《ほほえ》んで、デューイの首に巻かれた赤いリボンを綺麗《きれい》になおしてくれる。小蛇の姿になってしまったときに、どっぷりと落ち込んでいたら、「いつかまた人型に戻れる日がきますよ」とイヴリンがプレゼントしてくれたものだ。

その日から、デューイはイヴリンを主と定めた。もちろん、下剋上を心に秘めて。いつかアルヴィンになりかわって、イヴリンをこの手に抱く日を夢見て。

「さ、お湯を沸かすのを手伝ってください」

それからパンを焼いて、冥界山羊《やぎ》のミルクと蜂蜜で、フレンチトーストをつくりましょう、と言う。

「おいしそう！」

デューイが大きな目をくりくりさせると、イヴリンは「デューイのために小さなパンを焼こうね」と言ってくれた。

ボクのためのパン……ボクのためのフレンチトースト……なんて素敵な響き！

デューイが目をハートにしていたら、小さな黒い影が、パントリーのアーチ窓から飛び込んできた。

ピクリっと鱗《うろこ》が反応する。

「イヴ〜っ！」

この館の主でありながら、普段は小さなコウモリにしか変化できない謎の上級悪魔。自分がこんな小蛇の姿になってしまった原因。

でも、この姿になったからこそ、常にイヴリンの傍にいられるのだと思えば、悪いことばかりではない。この、普段はちょっと頼りない主に、ライバル視されることを除いては。

「またデューイと遊んでる〜！」

僕を放っておいてひどい！　と、コウモリの姿のままでしがみついて、おいおいと泣く。小型魔獣の姿のほうが、イヴリンがやさしいとわかっているのだ。ずるいやつ。それはボクの手なのに。

デューイが、べ〜〜〜っと舌を出すと、コウモリの耳がピクリ！

イヴリンの肩にのっかって、これみよがしに白いほっぺたをペロリ！　と舐めれば、「あぁ！」と、悲鳴が上がった。

一方でイヴリンは、大きなため息。

そして、べったりと懐くコウモリを、ベリッと引きはがす。

「食卓でお待ちください。パントリーは館の主の立ち入る場所ではないと、何度申し上げればよいのです」

「ううう……だって……」

ぽんっ！　と人型に変化したアルヴィンが、恨めしそうに言う。

「デューイには、使役獣としての仕事があるんです」

「嘘だっ。火熾こしなら蜷局《とぐろ》サラマンダーがいるじゃないか！　いっつもイヴの肩にのっかって、大事にしてもらってさ、ずるいよ」

拗ねて口を尖らせる上級悪魔など、アルヴィン以外にいないだろう。

イヴリンは、またも大きなため息。だが、あまったれた懇願に折れるかと思われたイヴリンの碧眼には、思いがけず冷ややかな光が宿っていた。

「私が、アルヴィンさまを大切に思っていないとでも？」

地を這う声は、イヴリンが本気で怒っている証拠だ。こうなるともう、デューイにもどうしようもない。

「おひきとりください」

とりつくしまも与えず、主に背を向ける。そして黙々と、朝の仕事にとりかかりはじめた。

おバカなアルヴィン。もう少し上手に甘えればいいのに。ボクみたいに。

「イヴリンのフレンチトーストぉ」

白い頬にすりすりすると、背後のアルヴィンがまたも悲鳴を上げる。イヴリンは無視。「ちょっと待っててね」と小さな頭を撫でてくれる。

小さな軀に秘めるのは、いつか夢を現実にするのだという、壮大な野望だ。

デューイは背後を振り返り、ガックリと肩を落とし滂沱《ぼうだ》の涙に暮れる青年悪魔に、べ〜っと長い舌を出した。

とりあえず今日は、ボクの勝ち。

…確かに
美味しいですね
でしょ?
今日から始まった限定シリーズのラズベリーバウムだよ♥
つまり今日降りて買いに行ったと
あ…
私の作った料理ではご満足いただけていないのですよね
!!

アルヴィン様に喜んでいただけるようお作りしているのに
違う 違う 大満足だよ!!
でも 人間界の食べ物もすごく美味しいから…
では
私が作らせていただきます
どん

……で、
料理ばかりして構ってもらえない、と
毎日毎日材料や焼き方の研究ばかりしてて…
わざわざ私を呼んだ理由はその話をするためか
…はい
アルヴィン様！
イヴリン
本日の新作はツィトローネンバウムでございます

おまえが相手をしないせいで弟が欲求不満だそうだ
え!?
ちょっ
その勉強熱心なところを夜の蜜事に活かせ道具が欲しければランバートに用意してもら…
あああぁあ
帰るぞ ノエル
ヒュウゥ
待ってくださ…
クライドさま道具ってなんですか?
おまえにも今夜使ってやる
?
なんのお話をされていたんですアルヴィン様…
こっこれはその…イ、イヴリン落ち着いて…
END

あとがき

こんにちは、妃川螢《ひめかわほたる》です。

拙作をお手にとっていただき、ありがとうございます。

雑誌掲載だったら、こんなおちゃらけ設定のお話を書いても許されるかしら？　と思って、初チャレンジしたファンタジーでケモミミで執事なお話が、一冊に（二冊に）まとまる日が来てしまいました。

雑誌掲載時、大いに笑って読んでくださった読者の皆さまのおかげです。ありがとうございます。

私はこれまで、ただでさえファンタジーであるＢＬに、ファンタジー設定は不要だと考えてきました。

ところが、私のそんなこだわりを、ひょいっと軽～く超えさせてしまうのが、今の担当さまのパワーです（笑）。

すごいわ……これまで頑なにファンタジー書いてこなかったのに……いっちょ書いてみるか～と、こちらも軽くお引き受けしてしまった次第です。

イラストを担当してくださいました、古澤《ふるさわ》エノ先生、お忙しいなか、ありがとうございざいました。

実は今回、当初表紙用にいただいた、兄編との二枚つづきのイラストを口絵にまわし、あとから上がってきた口絵用のラフを表紙にするという荒技をやらかした私と担当様……（汗）。にもかかわらず、加えて素敵な漫画まで描いていただいて、本当にありがとうございます。

そんなわけで、口絵に謎の手が映り込んでいるかと思うのですが、これは次月発刊予定の兄悪魔編と並べていただくと謎が解明するという、よくあるアコギな商法となっておりますのでご了承ください（笑）。でも、きっとご満足いただけると思うので、少しだけお待ちくださいね。

最後に告知関係を少々。

妃川の活動情報に関しては、ブログの案内をご覧ください。主にハードの問題でＨＰの更新が滞っているため、最近はブログのほうをメインに活用しています。

http://himekawa.sblo.jp/

皆さまのお声だけが創作の糧です。ご意見ご感想など、お気軽にお聞かせいただけると嬉しいです。

それでは、また。次月の兄悪魔編でお会いできると嬉しいです。

二〇一三年六月吉日　妃川　螢

初出

悪魔伯爵と黒猫執事	2012年 リンクス11月号掲載
マタタビの誘惑ーイヴリン編ー	書き下ろし
デューイの野望	書き下ろし

この本を読んでの
ご意見・ご感想を
お寄せ下さい。

〒151-0051
東京都渋谷区千駄ヶ谷4-9-7
(株)幻冬舎コミックス　リンクス編集部
「妃《ひめ》川《かわ》 螢《ほたる》先生」係／「古《ふる》澤《さわ》エノ先生」係

リンクス ロマンス

悪魔伯爵と黒猫執事

2013年6月30日　第1刷発行

著者……………妃《ひめ》川《かわ》 螢《ほたる》

発行人…………伊藤嘉彦

発行元…………株式会社　幻冬舎コミックス
〒151-0051　東京都渋谷区千駄ヶ谷4-9-7
TEL 03-5411-6431（編集）

発売元…………株式会社　幻冬舎
〒151-0051　東京都渋谷区千駄ヶ谷4-9-7
TEL 03-5411-6222（営業）
振替00120-8-767643

印刷・製本所…共同印刷株式会社

検印廃止

ISBN978-4-344-82859-9 C0293
Printed in Japan

幻冬舎コミックスホームページ　http://www.gentosha-comics.net